KB078414

ㄱ번째 환생 ㄱ

묘재 장편소설

초판 1쇄 찍은 날 § 2018년 12월 12일
초판 1쇄 펴낸 날 § 2018년 12월 19일

지은이 § 묘재
펴낸이 § 서경석

총괄팀장 § 최하나
편집책임 § 김경민
디자인 § 고성희, 신현아

펴낸곳 § 도서출판 청어람
등록번호 § 제387-1999-000006호
등록일자 § 1999. 5. 31
어람번호 § 제1-2983호

주소 § 경기도 부천시 부일로 483번길 40 서경B/D 3F (우) 14640
전화 § 032-656-4452 팩스 § 032-656-4453
http://www.chungeoram.com
E-mail § chungeorambook@daum.net

ISBN 979-11-04-91892-6 04810
ISBN 979-11-04-91777-6 (세트)

도서출판 청어람

FUSION FANTASTIC STORY

7번째 환생

묘재 장편소설

7

Contents

1장
라이벌

퓨처 모터스가 미국 정부의 구제금융을 받게 됐다.

올림푸스와 인수 협약을 맺으며 긴급 자금을 지원받고, 얼마 지나지 않아 들려온 낭보였다.

망하기 직전까지 몰렸던 T 모터스는 이름을 바꾸고 부활의 신호탄을 쏘아 올렸다.

구제금융은 단순히 돈을 지원받는 의미 정도가 아니다.

미국 정부가 퓨처 모터스 회생 가능성을 보증해 준 셈이다.

그렇기에 회사의 신용도를 비롯해 주식까지 골고루 영향을 받았다.

시가총액이 3분의 1까지 떨어지며 추락을 거듭하던 퓨처 모터스 주식은 가파르게 상승했다.

어느새 시총 20조를 넘겼고, 공장이 가동되면 화재 사고 직전의 시가총액인 30조를 무난하게 돌파할 것 같았다.

모기업 올림푸스의 시가총액은 17조에서 18조 사이를 오가고 있다.

위험을 무릅쓰고 퓨처 모터스를 인수한 최치우의 선택은 그야말로 신의 한 수로 평가받았다.

퓨처 모터스가 회생에 실패한다면 최치우는 엄청난 손해를 감수할 뻔했다.

올림푸스 전체가 휘청거릴지도 모르는 손해가 예상됐었다.

하지만 퓨처 모터스는 바닥을 치고 반등했다.

덕분에 최치우는 올림푸스 이상의 시가총액을 지닌 실리콘밸리 기업을 소유하게 된 것이다.

이로써 올림푸스의 정체성은 예전보다 명확해졌다.

소울 스톤을 주축으로 한 대체에너지 개발, 그리고 퓨처 모터스의 전기차 생산까지.

친환경, 미래 성장 동력, 4차 산업혁명 등 분명한 공통점이 있는 두 날개가 형성됐다.

든든한 두 기둥을 바탕으로 다양한 사업을 전개하면 시장의 신뢰를 받기 쉽다.

예전의 올림푸스는 다양한 분야를 도전하는 게 장점이자 단점이었다.

매번 혁신적인 성과를 내지만, 뚜렷한 기반이 없다는 평가를 받았다.

그러나 이제는 다르다.

소울 스톤과 퓨처 모터스라는 뿌리가 생겼다.

그렇기에 최치우가 기발한 아이템을 들고 와도 굳건한 뿌리 위에서 소화할 수 있다.

올림푸스라는 회사의 신뢰도가 달라진 것이다.

시장의 평가는 곧장 주식에 반영됐다.

퓨처 모터스 주식이 회복되는 것과 동시에 올림푸스 주식도 상한가를 쳤다.

올림푸스와 퓨처 모터스는 시너지 효과를 내고 있었다.

국내 1위 기업 오성그룹의 시가총액은 아직 넘기 힘든 벽이지만, 2위인 현기 자동차의 시가총액은 30조 원 근처다.

지금 당장 비교해도 올림푸스와 퓨처 모터스의 시총을 합치면 현기 자동차를 추월한다.

더구나 현기 자동차의 오너 가문이 보유한 지분은 총 10% 안팎이다.

반면 최치우는 올림푸스 지분의 50%와 퓨처 모터스 지분의 20%를 가진 슈퍼 대주주다.

기업의 시가총액과 개인 자산을 비교하면 현기 자동차 회장보다 앞선다.

매출이나 고용 인력, 회사의 현물 자산은 전통적 제조업체인 현기 자동차가 윗줄이다.

하지만 기업 가치를 놓고 봤을 때 올림푸스가 현기 자동차를 제친 것은 분명했다.

최치우는 24살의 나이로 대한민국 재계 서열 2위가 된 것이다.

그의 위상만큼 올림푸스 CFO인 임동혁의 입지도 달라졌다.

임동혁은 재계 서열 10위 안에 드는 한영그룹의 후계자다.

재벌 2세인 임동혁이 올림푸스 이사로 활동하는 걸 일탈이라고 보는 사람들도 있었다.

그런데 올림푸스가 한영그룹을 넘어서 버렸다.

누구도 상상조차 못한 일이 현실로 나타났다.

임동혁은 한영그룹 본부장 대신 올림푸스 이사를 선택했고, 그로 인해 국내에서 가장 성공한 재벌 2세로 인정을 받았다.

한영그룹 후계자보다 올림푸스 2인자가 훨씬 더 무게감 느껴지는 자리다.

재계에서는 임동혁이 한영그룹을 전문 경영인에게 맡기고, 계속해서 올림푸스 이사로 남을지 모른다는 소문이 돌고 있었다.

불과 몇 년 전만 해도 저질 농담 취급을 받았겠지만, 이제는 진지한 소문이다.

한영그룹의 회장은 망나니 아들이 너무 잘나가서 회사를 물려받지 않을까 걱정할 정도였다.

전설이라는 말로는 부족한 신화적인 변화다.

수확의 계절, 가을.

최치우는 노력의 결실을 맛보며 또 다른 씨앗을 뿌리기 위해 숨을 골랐다.

그가 어디로 걸어갈지, 전 세계가 촉각을 곤두세우며 지켜보고 있었다.

*   *   *

"나는 대체 언제쯤 전용기를 탈 수 있는 것입니까."

임동혁이 창밖의 구름을 보며 툴툴거렸다.

최치우는 대꾸를 해주지 않았다.

두 사람은 국내 항공사의 비행기를 타고 제주도로 날아가고 있었다.

서울에서 제주도로 가는 데 전용기를 움직이진 않는다.

단거리 비행은 일반 여객기를 타는 게 훨씬 빠르고 경제적이기 때문이다.

올림푸스가 자랑하는 A350은 지금쯤 미국에서 한국으로 오는 하늘길을 비행하고 있을 것이다.

최치우는 전용기를 샌프란시스코 공항으로 보냈고, 브라이언 머스크를 태웠다.

퓨처 모터스 CTO(최고 기술 책임자)의 첫 번째 한국 방문이다.

퍼스트 클래스 좌석을 끊어줘도 충분하지만, 최치우는 일부러 전용기를 보내 특급 대우를 해준 셈이었다.

"올림푸스가 모기업인데, 계열사 CTO는 전용기를 타고 나는 한 번도 못 타보고……. 이건 말이 안 됩니다."

임동혁의 불만에서 은근한 견제가 느껴졌다.

이제까지 그는 확고부동한 올림푸스의 2인자였다.

그러나 퓨처 모터스라는 새로운 기둥이 생겼고, 실리콘밸리에서도 천재라고 소문이 난 브라이언 머스크가 합류했다.

올림푸스 전체는 시너지 효과를 톡톡히 누리고 있지만, 임동혁 개인의 입지는 흔들릴지 모른다.

그래서일까.

농담처럼 던지는 몇 마디에 뼈가 있었다.

최치우는 살짝 고개를 돌렸다.

임동혁이 진지하게 컴플레인을 하는 것은 아니다.

하지만 불안의 싹은 조기에 진압해야 한다.

'강한 조직은 언제나 내부 분열로 무너졌었지.'

최치우는 다른 차원의 경험을 상기하며 입을 열었다.

과연 어떻게 임동혁의 불만을 잠재울 수 있을까.

"이사님."

낮게 깔린 목소리가 울렸다.

임동혁은 최치우가 반응을 해준다는 사실에 살짝 놀란 것 같았다.

평소 같으면 비행기가 제주도에 도착할 때까지 무시하고도 남을 사람이었다.

"네."

"브라이언은 올림푸스 시총이 20조 근처일 때 내 손을 잡았습니다. 또한 자기 자신이 위기에 처했을 때였고. 그렇지만 이사님은 아쉬울 것 없는 재벌 2세이면서 내가 파이트 클럽에서 싸우는 대학생일 때, 그때 나를 믿고 독도 프로젝트에 힘을 보태줬죠."

가벼운 이야기가 아니었다.

최치우는 담담한 말투로 올림푸스의 역사를 되짚고 있었다.

"그러니까 애도 아니고 조용히 갑시다."

그는 낯간지럽게 임동혁을 띄워주지 않았다.

그저 팩트를 언급했을 뿐이다.

하지만 임동혁은 충분히 납득한 듯 최치우의 구박을 듣고도 만족스러운 표정을 지었다.

어려울 때, 가진 게 없을 때부터 함께했던 사람의 가치는 무엇으로도 이기기 힘들다.

조강지처 못 버린다는 말이 괜히 있는 게 아니다.

남녀관계든 사회관계든 본질은 똑같다.

임동혁은 어깨를 으쓱거리며 피식피식 웃었다.

전용기를 못 타서 배가 아픈 건 확실하게 해결된 눈치였다.

최치우는 다시 고개를 돌려 푸른 가을 하늘을 쳐다봤다.

이윽고 두 사람을 태운 비행기가 제주 공항에 착륙했다.

한창 바쁜 시기, 최치우와 임동혁이 여행을 하려고 제주도까지 날아왔을 리 없다.

두 사람은 비행기에서 내려 곧장 공항 밖으로 빠져나왔다.

출구에는 제주도청 마크가 붙은 검은색 관용차가 대기하고 있었다.

"우선 호텔로 먼저 모시겠습니다."

공항에서 둘을 맞이한 건 제주도지사 비서실장이었다.

최치우는 손목시계를 확인하면서 고개를 끄덕였다.

"2시간 뒤에 브라이언이 도착할 겁니다."

"저희가 차질 없이 모시겠습니다."

비서실장이 깍듯한 태도로 말했다.

최치우와 임동혁, 그리고 브라이언 머스크.

올림푸스와 퓨처 모터스를 움직이는 세 사람이 모두 제주도에 모인다.

이 사실이 알려지기만 해도 특종감이었다.

최치우는 차에 올라타 일정을 물었다.

"도지사님과 미팅은 언제로 잡혔습니까?"

"브라이언 이사님께서 도착하시고, 잠시 여독을 푸는 시간을 고려했습니다. 오후 4시부터 저녁 식사까지 이어지는 일정입니다."

제주도지사 정도의 정치인은 하루에도 10개나 넘는 미팅을 소화한다.

그럼에도 불구하고 오후부터 저녁 식사까지 최치우를 위해 통으로 시간을 낸 것이다.

도지사가 얼마나 신경을 쓰고 있는지 느껴졌다.

"알겠습니다."

"그럼 출발하겠습니다."

비서실장이 신호를 주자 운전기사가 액셀을 밟았다.

최치우는 제주도의 아름다운 가을 풍경을 감상했다.

도지사를 만나 무슨 이야기를 할지, 기본적인 시나리오는 이미 정해져 있었다.

오늘은 확답을 받는 자리다.

'제주도를 디딤돌 삼아 퓨처 모터스 시총을 원상 복귀 시켜야지.'

최치우는 제주도를 기회의 땅으로 만들 작정이었다.

10조 원까지 떨어졌던 퓨처 모터스 시가총액이 20조 원에 다다른 지금, 결정적인 희소식이 퍼지면 원래의 30조 원 규모를 금방 회복할 수 있다.

동시에 올림푸스 시총도 20조의 벽을 뛰어넘게 될 것이다.

최치우가 그리는 쌍끌이 전략의 배경은 뉴욕도, 서울도 아닌 제주도였다.

항상 한발 앞서가며 세상을 바꾸는 최치우의 마법이 제주도를 어떤 색으로 물들일지.

실리콘밸리에서 한 줄기 바람이 불어오고 있었다.

＊　　　　＊　　　　＊

미팅과 저녁 식사는 비공개로 진행됐다.

장소는 놀랍게도 도지사의 자택이었다.

제주도 시내 어느 식당을 가도 최치우와 도지사가 함께 있는 모습을 보여줄 수밖에 없다.

도지사는 자택으로 초대를 하며 두 가지 실리를 챙겼다.

보안을 지킬 수 있었고, 올림푸스의 임원들과 보다 친숙한 분위기를 형성한 것이다.

정치권에서 최치우와 친해지고픈 사람은 한두 명이 아니다.

국회에서 줄을 세우면 서강대교 끝까지 넘어갈 것이다.

그런데 비공개이긴 해도 제주도지사는 자택에서 최치우를 대접할 수 있는 기회를 잡았다.

상다리가 부러지도록 진수성찬을 차려놓은 원성룡 도지사는 사람 좋은 미소를 지었다.

"조금 이른 시간이지만, 천천히 들면서 이야기를 나누는 게 어떨까 합니다. 간소하지만 제주도 제철 음식들로 준비를 해보았습니다."

"사양하지 않고 잘 먹겠습니다, 도지사님."

최치우도 웃으며 수저를 들었다.

오후 4시 미팅 시작부터 이른 저녁 만찬이 열렸다.

한국에서의 첫 번째 식사를 하게 된 브라이언도 다양한 음식을 곧잘 먹었다.

식탁에는 원성룡 도지사와 최치우, 임동혁, 그리고 브라이언밖에 없었다.

원성룡 도지사는 유학파 출신의 젊은 엘리트 정치인이다.

그래서 통역을 거치지 않고 브라이언과 대화를 나눌 수 있었다.

"전기차 배터리를 만드는 과정이 친환경과 거리가 멀다는 지적도 들었습니다. 어떻게 생각하시나요?"

"물론 전기차 역시 제작 과정에서 환경오염 물질을 발생시킵니다. 완벽한 친환경 이동 수단은 자전거밖에 없습니다. 동력이 발생하면 오염은 필수적입니다. 그러나 전기차 배터리의 환경성을 지적하는 건 일반 자동차 회사의 방어 논리일 뿐입니다. 장기적으로 어느 정도의 오염을 발생시키는지 비교하면… 당연히 전기차의 압승입니다."

"배터리 수명에 대한 염려도 자동차 회사의 공격인 건가요?"

"일반 자동차도 10만 킬로미터가 넘어가면 고장이 납니다. 20만 킬로미터 이상 주행하는 경우는 거의 없지요. 그게 자동차의 한계입니다. 현재 전기차의 배터리는 10만 킬로미터에서 점검과 부품 교체가 필요하지만, 꾸준히 개선되고 있습니다. 몇 년 안에 일반 자동차의 수명을 뛰어넘을 것입니다."

원성룡 도지사가 질문을 하면 브라이언이 대답을 해주는 식으로 대화가 이어졌다.

도지사는 제법 깊이 있는 질문을 던졌다.

공부를 충실히 하지 않았다면 꺼낼 수 없는 이야기였다.

최치우는 두 사람의 대화를 들으며 합격점을 줬다.

'제주도지사 원성룡. 소문대로 중앙정치는 잘 못 해도 능력 하나만큼은 진짜군.'

깐깐한 최치우의 기준을 통과했다는 사실을 원성룡이 알고 있을까.

그는 대학교 수업을 듣는 학생처럼 하얀 얼굴로 이것저것 묻는 재미에 푹 빠졌다.

원성룡이 브라이언에게 끊임없이 질문을 던지는 이유는 간단했다.

제주도를 세계 제일의 전기차 도시로 만들고 싶기 때문이다.

최치우와 임동혁, 브라이언이 제주도로 날아온 이유도 마찬가지였다.

최치우는 퓨처 모터스의 전기차를 제주도에 보급할 계획이었다.

공장을 복구하고 다시 전기차를 생산하려면 시간이 걸린다.

그러나 제주도가 전기차 수천 대의 계약을 보증하면 투자자들은 퓨처 모터스의 부활을 100% 믿을 수밖에 없다.

뿐만 아니라 제주도의 예산으로 전기차 충전소 같은 인프라도 설치할 것이다.

제주도는 친환경 미래 도시가 되고, 퓨처 모터스는 안정적인 판매처를 얻으면서 다양한 실험을 할 수 있다.

이제 계약서에 도장만 찍으면 될 것 같았다.

물론 최치우는 호락호락하지 않다.

소울 스톤 발전소를 건립하며 협상력을 발휘했던 것처럼 최대의 이익을 추구하는 게 CEO의 역할이다.

"도지사님, 퓨처 모터스와 함께라면 제주도는 세계 제일의 전기차 도시로 알려지게 될 겁니다."

"사실 어느 정도 마음을 굳히고 최 대표님을 초청했습니다. 막대한 예산이 투입될 것이기에 도의회를 설득해야 하지만⋯ 그건 제가 감당할 몫이겠지요."

원성룡은 은근슬쩍 도의회를 언급했다.

설득이 어려울 수 있으니 퓨처 모터스에서 너무 많은 것을 요구하지 말라는 뜻이었다.

하지만 최치우는 불도저처럼 협상에 임한다.

대통령 앞에서도 한 치의 양보를 하지 않았었다.

"퓨처 모터스의 전기차 만 대를 우선 계약하고, 천 대의 대금을 계약금으로 지급해 주십시오. 충전소와 인프라 구축은 전액 제주도 예산으로 부탁드립니다."

파격적인 조건이었다.

퓨처 모터스는 아직도 불타 버린 공장을 복구하는 중이다.

화재 사건 이후 단 한 대의 완성된 전기차도 생산하지 못했다.

그런 상황에서 10,000대를 계약하고, 1,000대의 값을 먼저 내라는 건 오직 최치우만 내밀 수 있는 카드다.

인프라 구축은 당연하다는 듯 제주도 예산으로 밀어붙였다.

화기애애하던 분위기가 미묘해졌다.

원성룡은 진중한 얼굴로 최치우를 바라봤다.

"최 대표님, 그 조건으로 우리 제주도가 얻는 특혜는 무엇일까요?"

최치우는 일말의 망설임도 없이 대답했다.

"퓨처 모터스의 전기차가 생산되면 전 세계에서 물량을 달라고 난리가 날 겁니다. 그러나 제주도는 최우선으로 전기차를 공급받고, 미래 혁신 도시라는 타이틀을 거머쥘 수 있습니다.

돈으로 살 수 없는 가치입니다."

공은 원성룡 도지사에게 넘어갔다.

최치우는 장사치가 아니다.

물건을 팔기 위해 애원하지 않는다.

마음에 안 들면 때려치워라. 제주도 말고도 같이 일할 곳은 널렸다.

이러한 자신감이 최치우를 협상의 불도저로 만드는 원동력이다.

원성룡은 수저를 내려놓고 흐르는 땀을 닦았다.

최치우가 제시한 조건은 스케일이 달랐다.

어쩌면 도지사 직위를 걸고, 앞으로의 정치 생명을 걸고 받아야 할 카드였다.

하지만 답은 정해져 있었다.

원성룡과 제주도는 최치우의 미끼에 걸렸다.

벗어날 수 있는 방법 따위는 애초부터 존재하지 않았다.

"2년 안에… 제주도를 세계 제일의 전기차 도시로 만들어줘야 합니다."

"최치우 이름 석 자를 걸고 약속하겠습니다."

실리콘밸리의 마법이 제주도를 물들이게 됐다.

최치우와 임동혁, 브라이언은 환한 미소를 지으며 술잔을 들었다.

원성룡 도지사가 건배사를 외쳤다.

"제주도의 미래를 위하여!"

"위하여—!"

              *   *   *

제주도는 중국인들이 대거로 유입되며 버블 효과를 경험한 바 있다.

땅값이 오르고, 지역 경제가 살아났지만 단점도 없지 않았다.

제주도가 지니는 원래의 이미지가 훼손되면서 점점 특별할 것 없는 유명 관광지로 여겨지기 시작했다.

버블은 한순간에 꺼질 수 있다.

제주도를 특별한 공간으로 만들기 위해 혁신이 필요한 시기였다.

원성룡 도지사는 친환경 전기차에서 답을 찾았다.

매연 냄새 없는 천혜의 섬.

관광객이 아무리 많아져도 자연의 아름다움을 보존하는 섬.

제주도에게 딱 어울리는 이미지를 친환경 전기차가 만들어 줄 수 있을 것 같았다.

전기차는 단순히 친환경만 상징하지 않는다.

미래와 혁신을 상징하는 최첨단 문물이다.

아직 세계 어느 도시도 전기차 인프라를 확충하지 못했다.

그런데 제주도에서 대대적인 투자를 감행하면 전 세계의 이목이 집중될 것이다.

오늘날 제주도 신드롬을 만든 건 젊은 2030세대다.

전기차는 젊은 세대에게 어필할 수 있는 비장의 무기였다.

제주도에 오면 아름다운 자연 환경도 즐기고, 전기차를 렌트해 미래를 경험할 수도 있다.

이만한 홍보 효과를 지닌 캠페인이 또 뭐가 있겠는가.

결단을 내린 원성룡은 퓨처 모터스와 MOU를 체결했다.

그는 도지사 자격으로 최치우가 내건 조건을 토씨 하나 바꾸지 않고 수용했다.

사실 도의회의 반발이 예상되는 사안이었다.

전기차는 아직 실현되지 않은 미래다.

그만큼 불투명한 사업에 엄청난 예산을 쓰는 걸 도의회에서 곱게 볼 리 없다.

하지만 최치우의 인기와 원성룡 도지사의 뚝심이 방패막이 됐다.

퓨처 모터스는 최치우가 인수했다.

그 순간부터 국민들은 실리콘밸리의 퓨처 모터스를 대한민국 기업이라 여겼다.

실제로 틀린 말도 아니었다.

한국이 전기차 분야에서 세계 최고로 도약하기 위해 제주도와 손을 잡겠다는 것이다.

도의회 의원들이 마냥 반발하기에는 국민 여론이 무서웠다.

원성룡 도지사와 싸우는 거라면 부담이 적다.

그런데 마치 최치우와 대립하는 것처럼 구도가 짜이면 누구하나 선뜻 나서기 어렵다.

최치우는 국민 영웅으로 추앙받고 있다.

국회의원도 아닌 도의원들이 맞상대할 수 있는 인물이 아니었다.

〈퓨처 모터스, 제주도와 전기차 1만 대 우선 공급 MOU 체결〉

〈제주도, 친환경 혁신 도시로 승부수를 던지다!〉

삼다도(三多島)에서 전해진 깜짝 뉴스가 신문 1면을 장식했다.

사람들은 제주도와 퓨처 모터스의 협약 자체만 주목했다.

그러나 업계에서는 MOU의 디테일을 눈여겨봤다.

특히 제주도에서 전기차 천 대의 대금을 먼저 지급하는 대목이 핵심이었다.

퓨처 모터스의 전기차는 대당 1억 원 정도의 고가 모델이다.

브라이언은 T 모터스 시절부터 고성능 모델을 먼저 출시하고, 이후 라인업을 확대하는 전략을 택했다.

그렇기에 천 대의 대금이면 무려 1,000억 원이다.

당장 한 푼이라도 자금이 급한 퓨처 모터스에게는 큰돈이다.

올림푸스의 지원과 미국 정부의 구제금융을 받았지만, 전기차 회사는 돈 먹는 하마다.

연구 개발 비용과 생산 비용이 어마어마하다.

다시금 완성된 전기차를 세상에 내보이려면 얼마가 더 들지 모른다.

제주도의 계약금 1,000억은 단비와 같았다.

가치를 따지면 수천 억, 아니, 1조와 맞먹는 효과를 지닌 돈
이다.

제주도가 퓨처 모터스의 신용보증을 서준 셈이기 때문이다.

그동안 많은 투자자들은 여전히 퓨처 모터스를 의심의 눈초
리로 바라보고 있었다.

최악의 위기를 넘겼지만, 과연 무사히 전기차를 출시해서 자
동차 시장의 패러다임을 바꿀 수 있을지 장담하기 힘들다.

하지만 제주도가 무려 만 대를 사겠다고 보증을 섰고, 시장
의 불안을 대신 해소시켰다.

아니나 다를까.

MOU 체결이 발표된 이후 퓨처 모터스 주식은 급등세로 돌
아섰다.

최치우는 올해를 넘기기 전 퓨처 모터스의 시가총액을 30조
원으로 회복시킬 작정이었다.

3분의 1로 쪼그라든 회사를 인수해 1년도 안 지나서 주가를
원상 복귀 시키는 건 유례가 없는 일이다.

날고 기는 경영의 신들도 최치우 앞에서는 한 수 접어주게
생겼다.

전금녀도 최치우를 믿은 보답을 받게 될 것이다.

최치우는 폼이나 잡으려고 전기차 회사를 인수한 게 아니
었다.

그는 퓨처 모터스라는 칼을 날카롭게 다듬어 휘두르기 시작했다.

석유 패권을 비롯해 일반 자동차 회사도 긴장해야 할 것이다.

최치우가 꿈꾸는 미래가 현실이 되면 세계는 급격히 달라질 수밖에 없다.

변화의 바람은 마냥 따스하지 않다.

기존의 질서를 휩쓸어 버린 자리에 미래라는 이름의 새싹이 자라는 법이다.

*   *   *

스티브 잡스는 아이폰을 개발하면서 세계의 모든 휴대폰 업체를 적으로 돌렸다.

스마트폰이 당연해진 세상을 만들기까지, 그는 외로운 싸움을 거듭해야만 했다.

과거와 미래는 충돌할 수밖에 없다.

최치우는 미래 세력을 대표하는 인물로 우뚝 섰다.

올림푸스와 퓨처 모터스는 필연적으로 수많은 적을 만드는 기업이다.

퓨처 모터스가 제주도와 MOU를 체결하자 당장 국내 자동차 회사가 들고일어났다.

현기 자동차는 산업화 이후 줄곧 국내 2위 자리를 지켜왔다.

그런데 최치우라는 신성이 등장하며 어이없게 2위 자리를 내줬다.

매출이 어떻고, 직원 숫자가 어떻고 해도 자존심을 제대로 구긴 것이다.

현기 자동차의 오너 가문은 자부심이 대단하기로 유명했다.

그들은 스스로 한강의 기적을 일궈낸 주역이라 생각한다.

건설과 자동차로 대한민국을 떠받쳤기에 아주 틀린 말은 아니다.

하지만 세월이 흘렀고, 기술은 빠르게 발전했으며 세상은 급속도로 바뀌었다.

최치우가 떠오르는 태양이라면 현기 자동차는 저무는 해다.

가만히 있어도 거스를 수 없는 흐름이다.

그래도 현기는 국내 시장의 장악력을 바탕으로 변화를 도모하려 했다.

그러나 퓨처 모터스가 제주도와 손을 잡으면서 현기의 안방을 침범한 것이다.

전기차 시대에 대응할 준비가 전혀 안 된 현기는 발등에 불이 떨어졌다.

그들의 초조함은 지저분한 대응으로 드러났다.

뜬금없이 국회 국토교통위원회에서 최치우를 호출했다.

보나마나 현기 자동차의 로비가 작용한 결과였다.

최치우는 기꺼이 국회의 부름에 응하기로 했다.

참석해야 할 의무는 없지만, 피할 이유도 없었다.

상대가 치졸하게 나올수록 정도를 걷는 것이 싸움에서 이기는 방법이다.

네오메이슨에 이어 세계 5위의 자동차 회사인 현기도 최치우의 적이 됐다.

최치우는 국회의원들 다수도 적으로 돌릴 각오를 했다.

국회의사당에 도착한 그의 발걸음은 당당하기 그지없었다.

사방에서 터지는 카메라 플래시와 기자들의 질문에도 최치우는 밝은 미소를 잃지 않았다.

"대표님, 오늘 국토교통위 회의에서 어떤 질문들이 나올 것 같으십니까?"

"한 말씀만 부탁드립니다! 최 대표님—!"

"제주도와 퓨처 모터스의 MOU가 불공정 계약이라는 지적이 있는데 어떻게 생각하세요?"

기자들의 질문은 사뭇 날카로웠다.

최치우는 의사당 안으로 들어서기 직전, 잠시 걸음을 멈췄다.

모든 기자들에게 일일이 대답을 해줄 수는 없다.

하지만 한마디 정도는 답변을 남기는 게 좋을 것 같았다.

"국회의 질문에 성심성의껏 대답을 드릴 생각입니다. 그러나 퓨처 모터스와 제주도는 미래를 향한 도전을 멈추지 않겠습니다."

최치우의 문장은 단순하면서 명료했다.

그는 언론을 상대로 절대 어려운 말을 쓰지 않았다.

누구나 한번 들으면 무슨 뜻인지 바로 알 수 있는 문장을 사용했다. 국회가 아무리 방해해도 퓨처 모터스는 제주도를 전기차 천국으로 만들겠다는 의지가 전해졌다.

저벅저벅—

최치우는 기자단을 뚫고 국회 본청으로 들어갔다.

간단한 절차를 거친 그는 직원의 안내를 받았다.

이미 국토교통위 회의는 진행 중이었다.

최치우는 참고인 신분으로 출석해 의원들의 질문을 받을 예정이었다.

"들어가시면 됩니다."

회의장 입구에 도착한 최치우는 밖에서 기다릴 필요가 없었다.

사실상 오늘 열린 국토교통위의 하이라이트는 최치우의 참석이다.

기자들을 비롯해 국회의원들도 최치우가 회의실에 들어오기만 기다리고 있었다.

최치우의 유명세 덕분에 국토교통위 소속 국회의원들은 언론 1면에 등장할 가능성이 높아졌다.

"참고인 최치우 씨는 국민의 대표자 앞에서 진실만을 이야기할 것을 선서하십니까?"

"선서합니다."

청문회가 아닌 국회 상임위 회의지만 나름대로 엄숙한 분위기였다.

간략한 선서를 마치고 자리에 앉은 최치우를 향해 관심이 집중됐다.

국회의원들도 여당과 야당 가릴 것 없이 최치우를 노골적으로 쳐다봤다.

최치우는 의원들의 눈빛에서 다양한 감정을 읽었다.

글로벌 스타인 최치우를 마냥 신기하게 쳐다보는 의원도 있었고, 오늘을 발판 삼아 인지도를 올리려는 욕망도 엿보였다.

대한민국에서 가장 특권 의식이 높은 사람들은 단연코 국회의원이다.

어떤 의미에서는 대통령보다 더 콧대가 높다.

최치우는 그런 사실을 잘 알면서도 순순히 국회로 나왔다.

고분고분 말 잘 듣는 모습을 보여줄 생각 따위는 없었다.

그는 정치권이 감히 올림푸스와 퓨터 모터스를 흔들지 못하게 한 방 먹여줄 작정이었다.

"새로운 참고인이 착석했으니 질의응답을 이어가도록 하겠습니다."

국토교통위원장이 의사 진행을 시작했다.

최치우는 여유로운 표정을 짓고 있었다.

예의를 지키지만, 국회의원들 앞이라고 딱히 긴장할 것은 없었다.

그는 대통령과 청와대 안뜰에서 직접 협상을 하는 사람이다.

국회의원 300명이 다 모인 자리에서도 편안하게 앉아 있을 자신이 있었다.

"제가 먼저 질문을 하겠습니다."

야당 소속 국회의원이 손을 들고 나섰다.

최치우는 그의 얼굴과 이름표를 번갈아 쳐다봤다.

'김호태. 지역구는 울산. 현기 자동차의 지원을 등에 업고 정치권에 진출한 대표적인 인물. 바로 본색을 드러내는군.'

계산은 끝났다.

김호태 의원이 최치우를 국회로 부른 장본인이나 다름없다.

오성그룹과 현기 자동차는 적극적인 로비로 위명이 자자하다.

정치권에서 두 그룹의 돈을 한 번도 안 받아본 사람을 찾는 게 더 힘들 것이다.

그중에서도 김호태는 대놓고 현기 자동차의 서포트를 받는 국회의원이다.

"퓨처 모터스가 제주도와 전기차 공급 계약을 체결했는데, 이것이 다른 자동차 회사의 영업권을 침해하는 독점 계약이라는 의문이 있습니다. 제주도민의 세금으로 특정 기업을 이렇게까지 밀어주는 게 타당한 것인지……. 또 올림푸스는 정부 지원을 받아 광명에 발전소를 짓고 있는데, 이것도 정부가 엄청난 세금을 썼습니다. 정경유착의 또 다른 모습은 아닐지, 국민들의 의혹에 대해 해명해 주십시오."

국토교통위 회의실이 술렁거렸다.

김호태가 처음부터 아주 강하게 포문을 열었기 때문이다.

정경유착이라는 단어는 정치권과 기업에서 금기와도 같다.

절대 함부로 꺼내선 안 되는 말을 김호태 의원이 던진 것이다.

최치우는 둘째 치고, 여당 의원들의 표정도 딱딱하게 굳었다.

김호태는 최치우와 현 정부를 묶어서 정경유착이라 비판했다.

언론이 무턱대고 정경유착 의혹이라는 말만 받아써도 골치아픈 프레임이 형성된다.

"김호태 의원님."

그때 최치우가 입을 열었다.

모두 기대와 우려가 섞인 시선으로 최치우를 쳐다봤다.

국회에서 의원들의 추궁을 받으면 누구든 위축될 수밖에 없다.

최치우는 프리젠테이션의 달인으로 알려졌지만, 과연 국회의원들을 면전에 두고도 자신 있게 의견을 말할 수 있을까.

그러한 의문을 박살 내는 데 1분도 걸리지 않았다.

최치우는 부드럽게, 하지만 단호하게 김호태 의원을 역공해궁지로 몰았다.

"국민들의 의혹이라 하셨는데, 최근 여론조사를 보셨는지 모르겠습니다. 제주도와 퓨처 모터스의 MOU 체결을 바라보는 도민 여론조사에서 89%의 압도적인 찬성 의견이 나왔습니다. 광명에 세워지고 있는 소울 스톤 발전소는 거의 모든 여론조사에서 기대한다는 응답이 90% 이상입니다. 과연 얼마나 많은 국민들이 어떤 의혹을 품고 있다는 말씀이십니까?"

"그, 그것은……."

예상 못 한 반격이었을까.

김호태 의원이 말을 더듬었다.

그러나 최치우는 김호태에게 발언할 기회를 주지 않고 계속해서 결정타를 날렸다.

"다들 아시는 것처럼 4차 산업혁명 시대가 열리고 있습니다. 올림푸스와 퓨처 모터스는 대한민국이 미래의 주역이 되도록 힘쓰는 기업입니다. 실리콘밸리 중심부에서 세계 최고의 전기차 기술을 가진 회사를 대한민국이 소유하게 됐습니다. 그런데 지자체와 정상적인 계약을 두고 정경유착이라니요. 제주도가 아니라도, 서울이 아니라도 저희는 계속 회사를 키울 수 있습니다. 하지만 그로 인한 국가 경쟁력 손실의 대안을 김호태 의원님께서 갖고 계신지, 정중하게 여쭤보고 싶습니다."

김호태 의원은 진땀을 흘리고 있었다.

현기 자동차의 로비를 등에 업고 최치우에게 모욕을 주려던 의원들도 난감한 얼굴이었다.

국회로 불려오면 재벌 총수들도 머리를 숙이고 얌전히 호통을 듣다가 돌아간다.

일단 더러운 꼴 피하고 보는 게 낫기 때문이다.

하지만 최치우는 국회의원을 두려워하지 않았다.

그들이 치졸하게 보복을 해도 당당히 이겨낼 자신이 있었다.

오히려 어설프게 덤비는 국회의원의 정치 생명을 끝장내 버릴 것이다.

항상 남 위에서 호통을 치고, 꾸짖는 법만 아는 국회의원들이 집단 패닉에 빠졌다.

최치우는 꼿꼿한 자세로 앉아 김호태 의원을 바라보고 있었다.

우리나라 국민은 1류, 기업은 2류, 그리고 정치는 3류라는 말이 있다.

최치우는 3류 정치인에게 설설 기며 비즈니스를 편하게 할 생각이 없었다.

장애물은 피하지 않고 부숴 버리는 게 최치우 스타일이다.

국회마저도 최치우 앞에서는 먹잇감이 될 수밖에 없는 것 같았다.

2장

유아독존

　국회에서 열린 국토교통위 회의는 국민들에게 카타르시스를 안겨줬다.

　최치우는 김호태 의원만 꿀 먹은 벙어리로 만든 게 아니었다.

　국민들이 국회의원에게 갖고 있던 불만을 대신 해소해 준 셈이다.

　그동안 국회의원들은 아무리 잘못을 해도 혼이 난 적 없었다.

　제도적으로 국회의원을 혼낼 수 있는 사람이 없기 때문이다.

　기껏해야 기자들이 비판하는 기사를 쓰는 것 정도일 뿐, 공개 석상에서 국회의원을 질타하는 모습은 보기 어려웠다.

반면 국회의원은 대통령부터 총리, 장관, 고위 공무원, 대기업 경영자 등 사람을 가리지 않고 혼을 낸다.

마치 자신들이 대한민국의 최정점에 위치한 듯 오만한 태도를 보이기 일쑤였다.

그런데 국토교통위 회의에서 최치우에게 크게 한 방 맞은 것이다.

최치우는 시종일관 정중한 말투로 자신의 생각을 밝혔다.

그러나 또박또박 빈틈없는 최치우의 발언은 마치 선생님의 회초리처럼 국회의원들을 때렸다.

기세등등하던 김호태 의원이 땀을 삘삘 흘리며 말을 더듬는 장면은 백미였다.

덕분에 국민들도, 정치권도 최치우의 진면목을 다시 확인하게 됐다.

그는 단순히 운이 좋아 엄청난 성공을 이룩한 사람이 아니다.

세상 물정 모르는 어린 CEO와도 거리가 멀다.

노회한 국회의원마저 손바닥 위에서 갖고 놀 수 있는 무서운 인물이다.

국회와는 레벨이 다른 전쟁터에서 치열하게 싸우며 살아남는 장수가 바로 최치우였다.

김호태 같은 의원들 때문에 국회의 신뢰도는 바닥을 쳤고, 최치우와 퓨처 모터스를 바라보는 여론은 우호적이었다.

원래도 대다수 국민들은 퓨처 모터스와 제주도의 계약을 궁정적으로 생각했었다.

다만 최치우가 국회에서 여론 조성의 클라이맥스를 찍은 것이다.

―대표님, 국회가 만만한 곳이 아닌데 정말 큰일 했습니다. 우리도 힘을 낼 수 있게 되었어요.

원성룡 도지사는 기운 넘치는 목소리로 전화를 걸었다.

최치우의 국회 방문으로 제주도 지역 여론도 확실해졌기 때문이다.

도지사의 독단적 판단으로 막대한 예산을 쓰게 됐지만, 도의원들이 반대할 명분이 없어졌다.

지금 상황에서 도의회가 반대를 표하면 제2의 김호태가 될 뿐이다.

지역 여론에 누구보다 민감한 도의회는 제주도의 전기차 사업 계획을 통과시켰다.

이제 법적으로 퓨처 모터스와 제주도의 계약은 100% 보증이 됐다.

제주도청이 파산하지 않는 이상 퓨처 모터스는 3달 안에 1,000억 원을 받는다.

또 하나의 좋은 소식이 한국에서 실리콘밸리로 전해졌다.

최치우는 브라이언과 통화를 하며 자세한 이야기를 나눴다.

"공장은 좀 어떻습니까?"

―복구 속도가 빠릅니다. 연구를 담당하는 직원들, 그리고 생산을 담당하는 직원들이 머리를 맞대고 공장 배치를 고민하

게 됐네요. 이전보다 더 효율적인 생산 공장으로 재탄생할 수 있을 것 같습니다.

브라이언도 실리콘밸리에서 최선을 다하는 중이었다.

축구로 따지면 최치우는 최전방 공격수다.

스포트라이트를 받으며 결정적 한 방으로 팀을 이끄는 슈퍼스타인 것이다.

하지만 팀의 우승을 위해서는 미드필더와 수비수, 골키퍼가 든든히 뒤를 받쳐줘야 한다.

심지어 후보 선수도 제 역할을 해야 진짜 강팀이다.

브라이언 머스크는 원래 실리콘밸리에서도 손꼽히는 공격수였다.

그러나 위기를 겪고, 최치우를 만나며 포지션을 바꿨다.

경영 대신 기술 개발에 전념하는 CTO 자리를 받아들였다.

최전방 공격수에서 미드필더로 내려온 셈이다.

그게 신의 한 수였다.

부담을 덜어낸 브라이언은 좋아하는 일에만 집중하며 업무 효율을 끌어 올렸다.

투자를 비롯해 골치 아픈 일은 최치우가 해결해 준다.

재무 상황 역시 올림푸스의 CFO인 임동혁이 체계적으로 정리를 해줬다.

공격수가 어울리는 사람이 있고, 미드필더나 수비수가 어울리는 사람이 있다.

누구나 자기에게 딱 맞는 포지션에서 제대로 실력을 발휘하는 법이다.

브라이언은 위기 덕분에 자기 자리를 찾았다.

사실 그는 주가가 떨어졌을 때 지분을 넘기며 금전적으로는 손해를 입었다.

그럼에도 후회는 전혀 없었다.

최치우라는 리더를 만나서 전기차 개발이라는 꿈을 마음 편히 꿀 수 있게 됐다고 생각하기 때문이다.

"완전한 정상화는 언제쯤 가능할까요."

ㅡ내년 여름 전에 프로토 타입을 재생산하겠습니다.

브라이언이 의욕적으로 목표를 말했다.

최치우는 의외라는 듯 놀란 표정을 지었다.

"전에는 가을이나 겨울, 그러니까 1년은 더 필요하다고 했던 것 같은데."

ㅡ맞습니다. 하지만 미국 정부의 구제금융과 제주도의 계약 금이 모두 3개월 이내로 집행될 예정입니다. 상황이 변했으니 저희도 더 빨리 움직이고 싶습니다.

"좋습니다. 그럼 내년 여름까지 프로토 타입을 생산하고, 가을과 겨울에는 1차 물량을 찍어냅시다. 그때쯤 제주도에도 전기차 충전소 공사가 시작될 것 같군요."

ㅡ네, 대표님.

최치우는 순간 묘한 기분을 느꼈다.

매일 수백 번도 넘게 대표님이라는 소리를 듣는다.

그러나 실리콘밸리의 천재, T 모터스라는 세계 최고의 전기차 회사를 창업한 브라이언으로부터 대표님 소리를 들으니 기분이 이상했다.

물론 나쁜 느낌은 아니다.

오히려 너무 좋아 비현실적인 기분이었다.

처음 올림푸스를 만들 때, 실리콘밸리는 도저히 닿을 수 없는 거대한 산처럼 느껴졌었다.

모든 사람들이 한국에서 실리콘밸리를 능가하는 건 불가능하다고 말했다.

그런데 최치우는 해내고 말았다.

실리콘밸리에서도 가장 혁신적인 회사를 손에 넣었다.

그저 회사만 인수한 게 아니다.

그런 식의 인수 합병은 에릭 한센이 더 잘할지 모른다.

최치우는 브라이언의 마음을 얻었고, 인수 이후에도 시너지 효과를 내며 같은 꿈을 꾸고 있다.

회사를 사는 건 아무나 할 수 있지만, 천재의 마음을 사는 건 아무나 할 수 없다.

"고마워요, 브라이언. 내년 겨울에는 퓨처 모터스의 전기차가 제주도를 가득 채우게 될 겁니다. 그리고 캘리포니아와 뉴욕도, 파리와 런던도."

—전부 대표님을 만나서 가능한 일입니다. 불에 타 영영 사라지는 줄 알았던 제 꿈을 다시 이루게 해주셔서… 감사합니다, 대표님.

최치우와 브라이언이 서로의 진심을 전했다.

한국과 미국이라는 거리는 중요하지 않았다.

전화기 너머로 뜨거운 마음을 확인할 수 있었다.

두 사람은 웃으며 폰을 내려놓았다.

퓨처 모터스는 미래로 달려갈 일만 남은 것 같았다.

*   *   *

잘되는 회사의 분위기는 두 가지를 보면 알 수 있다.

첫째, 들어오고 싶은 사람은 많은데 나가려는 사람은 없다.

올림푸스의 직원 공채는 경이적인 경쟁률을 기록했다.

원래 80명을 뽑을 예정이었지만, 최종적으로 100명이 올림푸스에 합류했다.

60명은 여의도 본사로 출근을 시작했고, 40명은 트레이닝을 거친 후 남아공 본부로 출국할 예정이다.

인원이 부쩍 늘어났지만 여의도 본사 사무실은 워낙 넓어 문제가 없었다.

올림푸스에 합격한 사람들은 신입, 경력을 막론하고 로또 당첨자처럼 기뻐했다.

단순히 업계 최고의 연봉과 복지, 스톡옵션을 주기 때문은 아니다.

올림푸스는 미래를 열어가는 회사다.

한국을 대표하는 혁신의 아이콘이 됐고, 젊은이들이 가장 선망하는 기업으로 자리매김했다.

또 회사의 시총이나 사업 영역에 비해 직원은 많이 뽑지 않는 편이다.

그래서 올림푸스 사원증의 가치는 더더욱 높을 수밖에 없었다.

최치우라는 불세출의 글로벌 스타와 함께 일을 한다는 점도 구직자들의 가슴을 설레게 만들었다.

특별한 사유가 있는 경우를 제외하면 퇴사하는 직원은 거의 없었다.

공채를 마친 올림푸스는 전체 직원 수가 300명 가까이 늘어났지만, 여전히 소수 정예 정신이 살아 있었다.

한번 회사에 들어온 사람들이 나가지 않고 끈끈한 유대감을 형성한다.

게다가 대부분 실리콘밸리의 너드들처럼 돈을 뛰어넘는 목표를 추구하는 데 우선순위를 둔다.

자연스레 올림푸스의 팀워크는 남다를 수밖에 없었다.

잘 되는 회사의 두 번째 특징은 주가 상승이다.

주식을 투기로 생각하는 사람도 있지만, 장기적으로 주가는 정직하게 움직이는 편이다.

올림푸스와 퓨처 모터스 주식은 상승세로 돌아선 후 떨어질 줄을 몰랐다.

올해가 가기 전 올림푸스 시총 20조 원, 퓨처 모터스 시총 30조 원, 도합 50조의 시가총액이라는 목표가 이뤄질 것 같았다.

미국과 중국이 아닌, 한국에서는 유례를 찾아볼 수 없는 성장이다.

이렇듯 올림푸스와 퓨처 모터스는 계속해서 잘되는 분위기를 유지하고 있었다.

내년이라고 다를까.

최치우가 25살이 되면 본격적으로 열매를 따게 된다.

광명의 소울 스톤 발전소가 완공되고, 퓨처 모터스에서 새롭게 전기차를 생산할 예정이다.

올해의 기록적인 성장보다 내년의 결과가 더 기대될 수밖에 없다.

물론 회사가 성장하면서 신경 써야 할 부분도 늘어났다.

국회로 불려가 의원들을 상대한 것도 회사가 크면서 겪은 일이다.

배후에는 역시 현기 자동차가 있었다.

현기는 한국 자동차 시장의 지배자인 동시에 세계에서도 5위권을 지키는 회사다.

산업화 시기부터 대단히 빠른 성장을 했고, 한국 경제를 떠받치는 기둥이 됐다.

지금도 국내와 세계 곳곳에 현기 자동차의 공장이 돌아가고 있다.

하지만 많은 전문가들은 현기의 미래를 어둡게 전망했다.

중국 자동차 회사가 약진하며 저가 시장을 빼앗고, 고가 시장은 독일 브랜드가 꽉 잡고 있기 때문이다.

현기는 미래 시장을 주도할 전기차 기술에도 뒤늦게 투자를 시작했다.

어쩌면 현기를 떠받치는 내수 시장 점유율이 독이 됐는지도 모른다.

별다른 노력을 안 해도 국내에서 워낙 차를 많이 파니 안주하는 것이다.

그러나 현기 자동차의 내수 독주도 영원할 것 같진 않았다.

퓨처 모터스가 제주도에 상륙하면 게임의 판도가 어떻게 변할지 장담할 수 없다.

하루아침에 전기차가 휘발유와 경유를 전부 대체하긴 힘들다.

그렇지만 퓨처 모터스의 전기차가 제주도에서부터 열풍을 일으키면 현기의 브랜드 가치는 더욱 쪼그라든다.

오죽 다급했으면 김호태 의원을 움직여 최치우를 국회로 불렀겠는가.

비록 최치우에게 반격을 당했지만 현기는 가만히 있지 않았다.

임동혁을 통해 비밀스러운 미팅을 제안한 것이다.

한영그룹의 후계자인 임동혁의 재계 인맥은 혀를 내두를 정도다.

오성그룹을 물려받은 이지용 부회장을 비롯해 모르는 사람이 없었다.

현기 자동차의 후계자인 홍문기 부회장도 임동혁과 아는 사이였다.

30대 중후반부터 40대 중후반까지, 10살 터울의 재벌 2세들은 서로가 서로를 속속들이 알고 있었다.

친한 사이는 아니라도 언제든 개인 번호로 전화는 할 수 있는 관계였다.

"딱히 할 이야기는 없지만… 현기의 미래를 가늠할 수 있겠군."

최치우는 약속 장소에 도착해 혼잣말을 읊조렸다.

홍문기 부회장은 40대 초반의 나이로 현기 자동차를 이끌고 있다.

이지용 부회장과 함께 한국 경제를 책임진 투톱이라 불렸다.

콧대 높은 국회의원도 홍문기 부회장과 1 : 1 미팅을 하기는 어렵다.

하지만 최치우는 특별한 감흥이 없었다.

오성그룹이라면 이야기가 다르다.

그러나 현기 자동차는 이미 올림푸스와 퓨처 모터스가 추월했다고 생각하기 때문이다.

그럼에도 불구하고 비공개 미팅을 받아들인 이유는 하나였다.

홍문기 부회장의 그릇을 보면 현기 자동차의 앞날을 예측할 수 있다.

그가 모자란 인물이면 현기는 알아서 망할 것이고, 제법 괜찮은 사람이라면 한층 긴장해야 한다.

퓨처 모터스는 제주도로 진출하며 현기의 경쟁자가 됐다.

최치우는 느긋한 자세로 경쟁 기업의 실질적인 오너를 기다렸다.

똑똑똑—

곧이어 노크 소리가 세 번 울렸다.

방문이 열리고, 회색 정장을 입은 덩치 좋은 남자가 혼자 들어왔다.

최치우는 자리에서 일어나 손을 내밀었다.

"최치우입니다."

그런데 반응이 이상했다.

홍문기는 악수를 하는 대신 멀뚱히 서서 최치우를 쳐다봤다.

일부러 어깨를 쫙 폈는지 가뜩이나 큰 덩치가 더 우람해 보였다.

"드디어 상판대기를 보네, 건방진 새끼."

걸걸한 목소리가 울렸다.

귀를 의심할 수밖에 없는 저렴한 멘트였다.

최치우는 내밀었던 손을 거두고 홍문기를 쳐다봤다.

아무래도 현기 자동차의 미래는 암담할 것 같았다.

*   *   *

홍문기.

현기 자동차의 후계자.

대한민국 재계 서열 2위 대기업을 실질적으로 이끄는 총수.

그렇기에 홍문기는 뛰어난 인물이어야 했다.

비록 퓨처 모터스가 현기 자동차와 경쟁을 하지만, 홍문기의 능력에 수십만 명의 앞날이 달려 있기 때문이다.

하지만 대뜸 반말을 지껄이는 모습은 기대 이하였다.

물론 가끔 인성은 쓰레기라도 천재적인 재능을 가진 사람들이 있다.

그러나 대부분의 경우 인성이 쓰레기면 능력도 바닥이다.

최치우는 홍문기가 개망나니란 사실을 바로 파악했다.

임동혁은 능력은 출중한데 동기를 찾지 못해 방황했던 것뿐이다.

진짜 재계의 망나니는 따로 있었다.

홍문기를 임동혁과 동일 선상에서 비교하는 것조차 미안할 지경이었다.

"보자마자 반말에 욕이라……. 너무 기대 이하입니다, 홍문기 부회장님."

최치우는 피식 웃음을 터뜨렸다.

어이가 없어 화도 나지 않았다.

홍문기는 태어날 때부터 40년 넘게 황태자처럼 살아왔을 것이다.

그보다 나이가 훨씬 많은 임원이나 계열사 사장들도 어린 홍문기에게 쩔쩔맸을 게 뻔하다.

원하는 모든 것을 가질 수 있고, 주위 사람이 기분을 맞춰주는 삶을 살다 보면 성격이 망가지게 마련이다.

웬만한 사람들은 홍문기가 성질을 부려도 다 받아줬다.

현기라는 이름의 무게감이 그를 지켜주는 방패였다.

하지만 오늘은 상대를 잘못 골랐다.

최치우는 아쉬울 게 없는 사람이었다.

현기 자동차의 영향력 아래에 있지도 않다.

홍문기의 눈치를 볼 필요가 전혀 없는 경쟁 기업의 대표다.

최치우는 홍문기가 억지로라도 가면을 쓰고 정중한 태도를 보여야 할 상대였다.

그럼에도 불구하고 그는 안하무인이었다.

상황 파악을 못 하거나 자기감정을 못 이기거나 둘 중 하나다.

어느 쪽이든 홍문기의 그릇은 실망스러운 수준이었다.

"기대 이하? 터진 입이라고 막 씨부리네. 요즘 좀 잘나간다고 눈에 보이는 게 없지?"

홍문기는 커다란 덩치를 과시하듯 계속 선 채로 막말을 내뱉었다.

보통 이렇게 강하게 나가면 누구든 위축시킬 수 있었다.

재벌 2세라는 배경, 운동선수 못지않은 체구, 저돌적인 공격성을 감당할 수 있는 사람은 많지 않다.

그러나 최치우는 무표정한 얼굴로 문이 잘 닫혔는지 확인했다.

프라이버시가 완벽하게 보장되는 VIP 룸이 약속 장소여서 다행이었다.

쏴아아아아ㅡ

갑자기 방 안의 공기가 바뀌었다.

최치우의 몸에서 뿜어져 나온 기운이 주위를 무겁게 짓눌렀다.

홍문기도 뭔가 이상한 걸 느끼고 눈을 희번덕거렸다.

처억.

최치우는 그에게 한 걸음 가까이 다가섰다.

그러자 홍문기는 어깨 위로 쇳덩이가 올려진 느낌을 받았다.

"크헉?"

영문을 모르는 이상한 현상에 홍문기가 식은땀을 흘렸다.

방금 전까지 초면인 최치우에게 패악질을 부리던 모습은 온데간데없었다.

처억ㅡ

최치우가 한 걸음 더 움직였다.

둘 사이의 거리가 가까워질수록 홍문기가 느끼는 압력도 커졌다.

아무리 바보라도 최치우와 압력의 연관성을 알아차릴 수밖에 없다.

"너 지금 무슨 짓을……."

홍문기가 숨을 헐떡거리며 말했다.

하지만 반항할 엄두도 내기 힘들었다.

최치우가 내공을 발산해 작은 공간을 완전히 장악했기 때문이다.

금강나한권을 대성한 그는 훨씬 패도적인 권왕의 무공을 익히고 있었다.

모든 초식이 살초로 이뤄진 권왕의 아랑권은 무림에서도 포악하기로 악명이 높았다.

만약 최치우가 작정하고 아랑권의 기운을 폭발시키면 홍문기는 금방 오줌을 지릴지 모른다.

그나마 두 다리로 서 있는 것도 최치우의 배려 덕분이다.

쫘아악—!

최치우는 오른손을 뻗어 홍문기의 멱살을 잡았다.

손에 힘을 주지는 않았다.

가볍게 멱살을 쥐고, 눈을 똑바로 쳐다보는 걸로 충분했다.

아랑권의 기운에 짓눌린 홍문기는 난생처음 느끼는 공포를 마주하고 있었다.

최치우는 홍문기를 노려보며 천천히 말했다.

"내가 만나자고 한 것도 아니고, 먼저 미팅을 제의했으면서 동네 양아치처럼 나오다니……. 아까운 시간을 낭비하게 만들었으면 책임을 져야지. 안 그래, 홍문기 부회장?"

최치우도 더는 존댓말을 쓰지 않았다.

수준 낮은 인간들에겐 비슷한 눈높이에서 대접을 해줘야 한다.

괜히 잘해줘 봤자 고마운 줄도 모를 게 분명하다.

홍문기는 다급하게 입을 놀렸다.

"혀, 협정! 우리 현기와 퓨처 모터스의 협정을 제안하려고……."

"무슨 협정? 내가 지금 기분이 나쁘니까, 짧고 간단하게 말해."

최치우의 하대는 자연스러웠고, 홍문기는 궁지에 몰린 쥐 신세가 됐다.

괜히 성질을 부리며 주도권을 잡으려다 본전도 못 건진 셈이다.

"전기차 기술을 공유하는 조건으로… 우리 생산 공장을 넘겨주는……. 케켁!"

홍문기는 숨이 턱턱 막히는지 말을 끝맺지 못하고 헛기침을 터뜨렸다.

최치우가 내공을 조절해서 발산했지만, 그래도 보통 사람이 견디기 힘든 위압감이다.

턱!

멱살을 놓은 최치우가 재빨리 머리를 굴렸다.

퓨처 모터스는 T 모터스 시절부터 생산 설비를 갖추는 게 문제였다.

전기차 기술이 출중해도 수천, 수만 대를 양산할 수 있는 공장과 노하우가 없으면 자동차 시장을 바꾸기 어렵다.

기껏해야 소수의 매니아만 만족시키는 회사로 남을 수밖에 없다.

그렇기에 대량생산 노하우를 가진 현기의 공장을 받는 것은 매력적인 제안이었다.

그 대가로 전기차 기술을 알려줘도 손해는 아니다.

어차피 후발 주자가 기술을 소화해 따라오는 동안 퓨처 모터스는 저만치 앞서 있을 것이기 때문이다.

만약 홍문기가 정중한 태도로 협상을 제시했다면 어땠을까.

최치우도 진지하게 고민하며 현기와 손을 잡았을 가능성이 높았다.

그러나 홍문기의 태도가 글러먹었다.

올림푸스와 퓨처 모터스의 오너인 최치우에게도 이렇게 막장으로 굴면 다른 사람들에겐 오죽하겠는가.

"어때? 이만하면 좋은 조건이라 생각하지 않나?"

홍문기는 한 걸음 뒤로 물러서 최치우의 눈치를 살폈다.

그를 압박하던 아랑권의 기운이 사라졌다.

겨우 한숨을 돌리게 된 것이다.

"좋은 조건이지만, 좋은 파트너가 아니군. 난 조건을 보고 움직이지 않는다."

최치우는 미련을 남기지 않았다.

한국 기업은 특히 오너의 영향력이 절대적이다.

직접 본 홍문기는 경영자 이전에 인간으로서 실격이었다.

그가 물려받을 현기 자동차와 미래를 함께 만들어갈 생각은 조금도 없었다.

홍문기는 다시 눈을 부릅떴다.

퓨처 모터스가 넙죽 엎드려 받을 조건이라 생각했는데 깡그리 무시를 당한 것이다.

"아이 씨팔, 거 좀 너무하네."

인간은 망각의 동물이다.

홍문기는 불과 30초 전까지 자신을 짓누르던 기운을 잊어버렸다.

조금만 편해지면 금방 본성이 나오는 모양이다.

인내심이 필요 없는 삶을 살아왔으니 당연한 일인지 모른다.

"씨팔?"

최치우는 고개를 살짝 꺾으며 홍문기의 말을 따라했다.

홍문기가 움찔했지만, 이내 눈을 희번덕거렸다.

"그래, 씨팔! 대체 뭐가 문제인데? 너도 좋고, 나도 좋고. 한국 회사끼리 손잡고 적당히 양보하면 되는 거 아니냐고!"

"말했잖아, 글러먹은 태도가 문제라고."

최치우는 마음을 굳혔다.

절대로 현기 자동차와 손을 잡을 일은 없다.

퓨처 모터스는 경쟁을 통해 현기의 자리를 뺏을 것이다.

전기차가 대세가 되는 미래 시장에서 현기가 설 자리는 없을 것 같았다.

그리고 또 한 가지 결심을 마쳤다.

"넌 좀 맞자."

"뭐? 이 미친 새끼가!"

퍼억—!

최치우의 주먹이 홍문기의 명치를 때렸다.

빛살처럼 곧은 정권 강타.

단 한 방으로 충분했다.

쿵!

두 다리에 힘이 풀린 홍문기는 그대로 주저앉았다.

유도 선수를 연상시키는 커다란 덩치도 소용없었다.

최치우는 내공을 쓰지 않았다.

아주 약간이라도 내공을 담으면 홍문기가 죽을지 모른다.

뒤탈이 없도록 흔적을 남기지 않고, 최대한 고통스럽게 때리는 것이 목표였다.

"자, 잠깐만……."

홍문기가 다급히 두 손을 저었다.

명치를 한 대 맞으니 제정신이 돌아오는 것 같았다.

하지만 늦어도 너무 늦었다.

최치우는 느릿느릿 여유롭게 셔츠 소매의 단추를 풀었다.

"딱 3분, 라면 끓을 시간 동안만 처맞아봅시다."

"말로… 말로 합시다! 말로!"

홍문기가 갑자기 존댓말을 썼다.

장난이 아니라는 걸 깨달은 것이다.

그러나 최치우는 피식 웃으며 고개를 저었다.

"내가 공짜로 부회장님 사람 만들어 드릴게."

푸슉—

말을 마친 최치우는 손가락으로 홍문기의 목덜미를 찔렀다.

일시적으로 소리를 못 내게 만드는 아혈을 짚은 것이다.

이제 홍문기는 비명도 지를 수 없다.

점혈법까지 쓴 최치우는 작정하고 홍문기를 두드려 패기 시작했다.

퍽! 퍼퍽!

빠각—

상처가 남지 않게 손바닥으로 어깨와 가슴, 복부를 난타했다.

손바닥이지만 한 방, 한 방이 대포 같았다.

홍문기는 내장이 뒤집히는 느낌을 받으며 고꾸라졌다.

소리를 낼 수 없는 입으로 비명 대신 침을 질질 흘리고 있었다.

퍼어억—!

쓰러진 홍문기를 억지로 일으킨 최치우가 옆구리를 후려쳤다.

갈비뼈가 부러질 정도는 아니지만, 아마 금이 가서 몇 주는 고생을 해야 할 것이다.

갈비는 다쳐도 병원에서 치료할 방법이 없다.

계속 통증을 느끼며 안 움직이는 게 최선이다.

맞은 자리가 욱신거릴 때마다 홍문기는 최치우를 떠올리며 두려움에 떨게 될 것 같았다.

"이제 2분 지났네. 아직 1분이나 더 남았군."

최치우의 목소리가 비수처럼 홍문기의 심장을 후벼 팠다.

고작 3분이 영원처럼 느껴졌다.

재벌 2세로 태어난 홍문기가 이렇게 복날 개 잡듯 구타를 당할 일은 한 번도 없었다.

끽해야 회장인 아버지에게 훈계를 받으며 회초리를 맞는 게 전부였다.

홍문기는 40 평생 최악의 고통과 공포, 수치심을 동시에 느끼고 있었다.

짝!

최치우는 마지막으로 홍문기의 뺨을 날렸다.

자국이 남을 정도로 세게 때리진 않았다.

육체적 고통은 차고 넘치도록 선사했다.

대신 씻을 수 없는 정신적 타격을 입힌 셈이었다.

꾸욱—

아혈을 눌러 홍문기가 말을 할 수 있게 만들어준 최치우는 두 손을 털었다.

"3분 끝. 홍문기 부회장님, 앞으로 두 가지는 명심하고 살길 바랍니다."

"으으… 끄흐으으……."

홍문기는 고개를 푹 숙인 채 흐느끼듯 신음을 흘리고 있었다.

최치우는 그가 듣거나 말거나 말을 계속했다.

"첫째, 나이 많다고 아무한테나 반말하지 맙시다. 둘째, 운 좋게 재벌 2세로 태어났다고 깜도 안 되면서 거들먹거리지 맙시다."

소매 단추를 잠근 최치우는 홍문기를 돌아보지 않았다.

3분 동안 인정사정없이 두들겨 팼지만, 뼈가 부러질 정도는 아니었다.

며칠 혹은 몇 주 조용히 요양하면 낫는다.

후환은 걱정 없다.

홍문기는 최치우에게 맞았다는 사실을 목숨 걸고 숨기려 할 것이다.

소문이 날수록 본인의 자존심만 상하는 일이다.

물론 그는 최치우에 대한 두려움과 적개심을 동시에 품고 이를 갈 게 분명했다.

하지만 최치우는 신경 쓰지 않았다.

퓨처 모터스는 현기와 손을 잡지 않고 홀로 성장시키면 된다.

누구에게도 고개를 숙이지 않고 당당하게 걸어간다.

그것이 바로 최치우의 왕도(王道)였다.

인간 말종 같은 홍문기를 박살 내고 나온 최치우는 다시금 전의를 다졌다.

천상천하 유아독존의 길을 걷기 위해서는 그만큼 더 강해져야 한다.

네오메이슨을 비롯해 대기업 회장과 재벌 2세들, 과거의 기득권 전체가 최치우를 물어뜯기 위해 호시탐탐 기회만 엿보고 있다.

험난한 가시밭길이지만, 최치우는 그마저도 꽃길로 바꿀 수 있을까.

그를 시험하는 무대의 스케일은 점점 커지고 있었다.

3장
신인류

참 이상한 일이다.

발 없는 말이 천 리를 간다는데, 목격자가 없어도 소문은 만들어진다.

현기 자동차의 홍문기 부회장이 올림푸스 최치우에게 흠씬 두들겨 맞았다는 소문이 알음알음 퍼졌다.

최치우는 누구에게도 그날 일을 발설하지 않았다.

홍문기 역시 자기 입으로 망신을 자초하진 않았을 것이다.

그렇다면 소문의 유출 경로는 하나밖에 없다.

홍문기를 수행했던 현기 직원들이 소문을 퍼뜨린 것 같았다.

최치우는 가능한 티가 나지 않게 지능적으로 홍문기를 구타했다.

하지만 3분 동안 극한의 고통을 맛본 홍문기가 금방 평정을 찾을 리 없었다.

아마 수행 비서나 경호원들에게 두들겨 맞은 흔적을 노출했을 것이다.

소문의 당사자가 홍문기라서 대놓고 이야기하는 사람은 드물었다.

그러나 누가 들어도 재미있는 소문이다.

최치우가 홍문기를 팼다, 는 단순무식한 팩트는 재계 곳곳으로 스며들었다.

덕분에 최치우는 가만히 앉아서 강인한 이미지를 쌓게 됐다.

원래 홍문기는 재계에서 카리스마로 명성이 높았다.

알고 보면 개망나니지만, 그의 큰 체구와 화끈한 성격을 좋게 여기는 사람들도 있었다.

그런데 최치우에게 완전히 뭉개졌다는 소문이 돌고, 홍문기의 남자다운 이미지는 쪼그라들었다.

대신 최치우가 현기 자동차 후계자를 팰 정도로 배짱이 두둑하고 싸움도 잘하는 남자로 인식됐다.

임동혁은 재계에서 떠드는 소문을 듣고 웃음을 참느라 진땀을 흘릴 수밖에 없었다.

그는 최치우의 진면목을 알고 있다.

파이트 클럽을 평정한 비공식 대한민국 최강자다.

홍문기 정도를 요리하는 건 손가락 하나라도 충분했을 것이다.

한편으로는 찝찝한 마음도 들었다.

임동혁이 홍문기를 소개해 줬기 때문이다.

어쨌거나 어려서부터 또래의 재벌 2세로 비슷하게 성장해 온 처지다.

하지만 임동혁은 최치우를 만나 탄탄대로를 걸었고, 홍문기는 먼지 나도록 두들겨 맞고 소문까지 났다.

"적당히 때리지… 사람을 완전 등신으로 만들었다고 소문이 자자합니다."

올림푸스 대표실로 들어온 임동혁이 괜히 타박을 했다.

그러나 본전도 못 찾을 소리였다.

"우리나라 재벌 2세들은 왜 그렇게 인간 말종인 겁니까? 어디 부러뜨리려다 참은 겁니다."

"이거 나 들으라고 하는 소리 같습니다."

"뭐, 이사님은 올림푸스 들어오고 많이 나아졌죠."

"맞는 말이니 뭐라고 못 하겠고, 근데 기분은 엄청 나쁘고……. 대표님도 은근히, 아니, 대놓고 말발이 셉니다."

"아무튼 중요한 일은 따로 있습니다."

"현기 자동차의 후계자를 묵사발로 만든 것보다 중요한 일이 있습니까? 가뜩이나 견제가 심한데, 이제 대놓고 퓨처 모터스의 빈틈만 찾을 겁니다."

"내 군대 문제가 더 중요할 텐데요."

"……."

임동혁은 거짓말처럼 입을 딱 닫았다.

홍문기와는 비교조차 할 수 없는 중요한 문제이기 때문이다.

최치우는 오너 리스크를 노출하는 경영자가 아니었다.

어리다, 경험이 없다 등 세간의 우려를 모두 불식시켰다.

그렇지만 딱 하나, 그의 병역 문제는 외부에서 올림푸스를 바라보는 아킬레스건이다.

만약 최치우가 2년 동안 회사를 비운다면 올림푸스 주가는 급격히 하락할 것이다.

전 세계에 벌려놓은 비즈니스는 기다렸다는 듯 네오메이슨의 공격 대상이 될 게 뻔했다.

임동혁과 브라이언, 백승수와 이시환이 아무리 노력해도 마찬가지다.

올림푸스에서 최치우가 차지하는 영향력은 절대적이었다.

실제 지분도 혼자서 50%를 넘길 만큼 압도적이다.

그런 최치우의 부재는 상상하기도 싫었다.

2년, 요즘은 21개월에 불과하지만 올림푸스에겐 너무나 긴 터널이 될 것이다.

그러나 해결책이 아예 없는 것은 아니었다.

최치우는 임동혁의 눈앞에서 100m 달리기 한국 신기록을 깼다.

심지어 청와대 안뜰에서 유영조 대통령에게도 달리기 실력을 보여줬다.

군대를 안 가는 가장 깔끔한 방법이 달리기였다.

아시안게임 금메달, 혹은 올림픽 메달을 따게 되면 병역 면제 혜택을 받을 수 있다.

최치우가 이미 받은 훈장의 경우 명예가 주어질 뿐, 별도의 특혜는 따라오지 않는다.

물론 100m 달리기 말고 다른 종목을 선택해도 된다.

하지만 최치우는 육상을 택한 이유가 있었다.

타고난 신체 능력이 중요한 육상은 동양인이 영원히 정복하지 못할 종목으로 여겨진다.

단거리인 100m 달리기는 육상에서도 백미다.

장거리 마라톤은 동양인 금메달리스트를 여럿 배출했다.

그러나 가장 많은 스포트라이트를 받는 100m 달리기는 동양인이 도전할 수 없는 영역이었다.

바로 그렇기 때문에 최치우는 100m 달리기를 선택한 것이다.

이왕 메달을 따서 병역 면제를 받을 거라면 동양인의 한계를 깨뜨리고 싶었다.

올림푸스도 세계의 중심을 아시아와 아프리카로 옮기고 있다.

최치우가 개인으로 동양인의 벽을 넘는 것은 회사의 방향과도 일치한다.

100m 달리기에서 동메달만 따도 영원히 역사에 남아 수많은

동양인들에게, 한국인들에게 희망과 자부심을 선사할 것이다.

"금메달을 딸까요, 은메달을 딸까요? 아니면 동메달?"

최치우는 마음먹기에 따라 메달 색깔을 고를 수 있었다.

임동혁도 그가 허풍을 떠는 게 아니란 사실을 알았다.

믿기 어려워도 직접 달리기 기록을 측정했기 때문이다.

하지만 임동혁의 걱정은 다른 부분이었다.

"대표님이 올림픽에 나가서 메달을 따는 것, 그렇게 병역 면제를 받는 것이 가능하다는 사실은 잘 알고 있습니다. 그러나……."

"그러나?"

"메달을 따는 순간, 사람들은 대표님을 영웅이 아닌 괴물이라고 생각할 겁니다."

심상치 않은 말이었다.

최치우는 고개를 끄덕이며 들을 자세를 취했다.

임동혁은 가끔 놀라울 정도의 통찰력을 보여준다.

평소에는 구박 덩어리지만, 괜히 최치우가 임동혁을 파트너로 삼은 게 아니다.

"처음에는 도핑 테스트를 비롯해 별짓을 다할 겁니다. 결국에는 대표님이 세계적인 CEO이면서 올림픽 금메달을 딸 만큼의 육체 능력을 타고났다는 걸 인정하게 되겠지만… 그다음에는 어떨 것 같습니까?"

"영웅으로 신격화하는 사람들이 생길 테고, 반대로 두려워하는 사람들도 생기겠죠."

"인류 역사에서 그 누구도 지력과 무력으로 동시에 정점을 찍은 적은 없었습니다. 현대사회에서 지력은 기업을 경영하는 능력, 그리고 무력은 운동입니다. 병역 면제를 위해 올림픽에 나서는 순간… 대표님은 최초의 신인류가 되는 겁니다."

"마냥 즐거운 길은 아니겠군요."

"지금보다 훨씬 외롭고, 고독한 길을 가게 될 것입니다. 온 세상이 대표님을 신으로 여기거나 괴물로 여긴다면… 진짜 행복을 찾을 수 있겠습니까?"

임동혁의 물음이 가슴을 묵직하게 때렸다.

최치우는 환생하는 차원에서 항상 파란을 일으키는 존재였다.

그렇기에 사람들의 주목을 받고, 때로는 이질적인 대상으로 여겨지는 게 낯설지 않았다.

하지만 올림픽 육상에 출전해 100m 달리기 메달을 따면 이야기가 달라진다.

임동혁의 말대로 대중은 최치우를 신적인 존재 아니면 괴물로 바라보게 될 것이다.

그로 인한 피로감과 고독은 가늠하기 어려울 정도로 엄청날지 모른다.

그럼에도 불구하고 최치우는 이미 선택을 내렸다.

호랑이 등에 올라탔으니 어설프게 내려올 수 없다.

이 세계에서 끝장을 본다.

신인류(新人類)이자 신인류(神人類)가 되어 역사를 다시 쓸 것이다.

최치우는 진심 어린 경고를 해준 임동혁에게 고마움을 느꼈
다.

그러나 따로 마음을 표현하진 않았다.

그에게는 구박을 하는 게 더 잘 어울린다.

"육상 국가 대표 감독을 만나겠습니다. 청와대에서 다리를
놓아주기로 했습니다. 이사님이 일정을 조율해 주세요."

"아니, 내가 비서팀장도 아니고……."

"어차피 공채 끝나고 요즘 할 일도 없는 거 다 압니다. 내가
올림픽 안 나가고, 그냥 군대 가버리면 이사님이 제일 힘들어지
는 거 모릅니까?"

"이제는 협박까지……."

"금요일까지 미팅 일정 잡아서 알려주면 좋겠습니다."

최치우는 할 말을 다했다는 듯 손을 내저었다.

임동혁은 부글부글 끓는 표정으로 자리에서 일어났다.

이게 두 사람이 티격태격거리며 올림푸스를 이끄는 방식이
다.

24살이 끝나가는 시점, 최치우는 병역이라는 커다란 산을 넘
어야 한다.

내년에는 소울 스톤 발전소와 퓨처 모터스만 빛을 보는 게
아니라 올림픽도 열린다.

동양인 최초의 100m 달리기 금메달이 벌써부터 눈앞에 일
렁거리는 것 같았다.

　　　　*　　　　　*　　　　　*

"날도 추운데 왜 이렇게 쓸데없는 짓을⋯⋯. 거참."

이상태 감독이 혼잣말을 중얼거렸다.

그의 표정에는 불만이 가득했다.

사실 당연한 일이다.

뜬금없이 위에서 거부할 수 없는 지시가 내려왔다.

가끔씩 정부 고위층이 국가 대표 감독에게 지시를 내리는 경우가 없지는 않았다.

그런데 이번에는 내용이 너무 황당했다.

올림푸스 CEO 최치우의 100m 달리기 기록을 측정하라는 지시였다.

이상태도 최치우가 누구인지 알고 있다.

평소에는 최치우의 팬을 자처하기도 했다.

대한민국의 젊은이가 세계를 호령하는데 환호하지 않을 수 없었다.

마치 국가 대표 운동선수를 응원하는 것과 비슷한 심정이었다.

하지만 이건 아니다.

이상태 감독은 국가 대표 선발전을 앞두고 한창 바쁜 시기였다.

아무리 유명하고 대단한 사람이라도 운동선수가 아닌 일반인의 기록을 측정하는 것은 시간 낭비다.

"에잉, 쯧쯧."

이상태가 혀를 차며 출발선에서 몸을 푸는 최치우를 쳐다봤다.

한국의 영웅이라 불리는 최치우를 만났지만 못마땅할 수밖에 없다.

간편한 트레이닝복 차림으로 출발 신호를 기다리는 최치우가 원망스럽기까지 했다.

대체 무슨 생각으로 이렇게 이상한 짓을 벌이는지 이해하기 어려웠다.

"빨리 치우고 소주나 한잔해야 긋다. 오늘은 텄다, 텄어."

한 번 더 궁시렁거린 이상태 감독이 호루라기를 들었다.

정식 경기에서는 기계음으로 출발 신호를 준다.

그러나 약식 테스트에서는 호루라기를 부는 걸로 충분하다.

이상태는 최치우에게 수신호를 줬다.

곧 호루라기를 불 거라고 알려준 것이다.

'자세도 모르면서 무슨 달리기를 한다고, 쯧쯧.'

최치우는 육상 선수들의 출발 자세를 모르는 것 같았다.

평범하게 선 채로 신호를 기다리고 있었다.

속으로 또다시 불만을 되새긴 이상태 감독이 호루라기를 불었다.

삐이익—!

호루라기 소리마저 신경질적으로 퍼졌다.

최치우는 내공을 두 다리로 퍼뜨리며 트랙을 박찼다.

파박! 파바바박!

운동화와 트랙이 부딪치는 소리가 제법 크게 울렸다.

순수한 육체 능력에 약간의 내공을 가미하면 게임 끝이다.

육상 선수들의 자세와는 거리가 먼, 단순하고 무식하게 땅을 박차는 달리기지만 속도는 어마어마했다.

슉! 슉! 슉!

최치우의 두 팔이 허공을 휘저을 때마다 몸은 몇 미터씩 앞으로 도약했다.

'뭐, 뭐야, 이건—!'

인상을 쓰고 있던 이상태 감독의 표정도 변했다.

그의 얼굴 위로 경악이라는 낯선 감정이 떠올랐다.

지난 올림픽을 끝으로 은퇴한 전설적인 육상 선수 우사인 볼트를 직접 봤을 때도 이만큼 놀라지 않았었다.

쐐애액—

최치우가 쏜살처럼 이상태 감독을 지나쳐 달려갔다.

이상태는 가까스로 스톱워치를 눌렀지만, 100% 정밀한 기록을 재지는 못했다.

"9초… 88? 9초 88!"

이상태 감독이 스톱워치에 떠오른 숫자를 읽었다.

그는 눈을 비벼가며 몇 번이고 다시 기록을 확인했다.

분명 조금 늦게 버튼을 눌렀는데 9초 88이라는 말도 안 되는 기록이 나왔다.

세계신기록에는 미치지 못해도 올림픽 메달을 다툴 수 있는 기록이다.

한국 신기록은 기본이고, 아시아 전체 신기록이었다.

종전까지 카타르의 페미 오구노데가 9초 91로 아시아 신기록을, 자메이카의 우사인 볼트가 9초 58로 세계신기록을 보유하고 있다.

그런데 운동선수가 아닌, 세계적인 기업을 이끄는 CEO인 최치우가 이상태 감독이 보는 앞에서 아시아 신기록을 경신한 것이다.

"어때요? 감독님. 이만하면 올림픽에 출전해도 되겠습니까."

총알처럼 저만치 달려갔던 최치우는 지치지도 않는지 여유롭게 웃고 있었다.

이상태 감독은 가까이 걸어오는 최치우를 부둥켜안았다.

자기도 모르게 감정이 격해진 것이다.

"그, 금메달! 금메달 하나만 땁시다—! 금메달 딴 감독이 되고 싶습니다!"

최치우는 이상태 감독의 품에 안긴 채로 피식 웃음을 터뜨렸다.

그가 애원하지 않아도 육상 불모지 대한민국에 영원불멸의 트로피를 안겨줄 생각이었다.

*　　　　　*　　　　　*

최치우는 바쁜 사람이다.

대한민국에서 그보다 더 바쁘게 살아가는 사람이 몇 명이나 될까.

물론 1분 1초를 쪼개가며 시달리는 처지는 아니었다.

원한다면 얼마든 휴가를 떠날 수 있는 위치다.

그러나 최치우의 말 한 마디, 선택 한 번에 달린 책임의 무게감이 다르다.

그가 만나는 사람들 역시 세계의 리더들이다.

전용기를 타고 지구 곳곳을 돌아다니며 한 번의 선택으로 수십억, 수백억의 가치를 창출하는 사람이 바로 최치우다.

최치우에게 달리기는 본업이 아니다.

다른 선수들처럼 태릉에서 합숙을 하며 올림픽을 준비할 여유는 없다.

그렇다고 갑자기 올림픽에서 국가 대표 마크를 달면 온갖 특혜 시비가 불거질 것이다.

물론 메달을 따면 모든 논란은 사라질 게 분명하다.

하지만 그 전까지 최치우의 이름이 부정적으로 언론에 오르내리는 걸 막을 수 없다.

이상태 감독은 최치우가 자연스럽게 올림픽 국가 대표가 될 수 있는 방안을 생각해 냈다.

떨떠름한 얼굴로 운동장에 나타났던 그는 순식간에 열렬한 최치우교 광신도로 변했다.

한국, 아니, 아시아 최초의 100m 달리기 금메달을 이뤄낸 감독으로 역사에 남을 기회를 잡았기 때문이다.

"손기정 기념 육상 선수권에서 우승을 하는 겁니다."

두 눈에 불꽃을 띤 이상태 감독이 의욕에 가득 찬 목소리로 말했다.

최치우는 고개를 갸웃거릴 수밖에 없었다.

"처음 들어보는 대회입니다만."

"선수권이 출범한 지 3년밖에 안 됐습니다. 하지만 대한체육협회에서 계속 키우려는 대회입니다. 국내 역사상 최고의 육상 영웅인 손기정 선수를 기리며 마라톤을 비롯해 중장거리 종목을 모두 겨루고 있습니다."

"그러고 보니 TV에서 마라톤 중계를 본 것 같기도 하고. 아무튼 참가 자격은 따로 없습니까?"

"기념 선수권이라 아마추어의 참가도 허용하고 있습니다. 다만 1차 예산에서 기록을 통해 대부분 걸러지는데, 말이 기념 대회지 사실상 제2의 전국체전과 비슷한 위상이라 일반인이 참여한 기록은 아직 없습니다."

"거기서 우승을 하면……."

"국가 대표 선발전에 참여할 수 있는 자격을 얻게 됩니다. 어차피 9초대 기록을 세우면 누구도 토를 달지 못할 겁니다."

9초는 한국인이 단 한 번도 넘어보지 못한 철벽이다.

10초 초반의 기록만 세워도 한국 최고의 자리로 우뚝 설 수 있다.

최치우의 문제는 다른 데 있었다.

너무 빨리 달려 8초의 벽을 깨지 않도록 주의해야 한다.

올림푸스의 CEO가 100m 올림픽 금메달을 노리는 것부터 비현실적인 일이다.

그래도 물리적으로 완전히 불가능한 일은 아니다.

다만 8초의 벽을 깨면 현생인류의 한계를 지나치게 초월해 버리게 된다.

영웅이나 괴물이 아닌 외계인 취급을 받을지 모른다.

'100m를 달리면서 힘든 척도 해야 하고, 자세도 잡아야 되고… 거기다 시간까지 정확히 체크해야 하는군.'

다른 선수들은 다른 잡생각 할 겨를 없이 젖 먹던 힘까지 다 쓰며 결승선을 향해가지만, 최치우는 온갖 생각을 하면서 결승선을 통과해야 한다.

이상태 감독은 최치우의 복잡한 심정을 아는지 모르는지 신이 나서 목소리를 높였다.

"그럼 손기정 기념 육상 선수권에 출전하는 걸로 진행을 시키겠습니다, 대표님."

"감독님, 이왕 하는 거 올림푸스가 선수권을 후원하도록 하죠. 후원사 대표로 육상에 대한 관심을 고취시키기 위해 직접 출전하는 게 명분도 있지 않겠습니까."

이상태의 입이 귀에 걸렸다.

한국에서 육상은 비인기 종목이다.

마라톤을 제외하면 변변한 스폰서를 찾기도 어려운 실정이었다.

그런데 올림푸스라는, 현기를 제치고 시가총액 2위로 뛰어오른 글로벌 대기업이 육상 대회를 후원하겠다고 나선다.

거기다 최치우는 한국 신기록을 세우고 올림픽 출전을 확정지을 것이다.

앞으로 뉴스에서는 주구장창 육상과 달리기 이야기를 할 게 뻔했다.

수십 년 넘게 외면받았던 비인기 종목 육상의 전성기가 찾아올지 모른다.

평생을 육상인으로 살아온 이상태 감독의 심장이 두근거리는 게 당연했다.

그는 최치우가 이토록 빨리 달릴 수 있는 이유를 중요하게 생각하지 않았다.

이 기회를 놓치면 대한민국은 영원히 육상 불모지로 남을 것이다.

하늘이 최치우에게 지력과 무력을 올인해서 퍼줬다고 쉽게 생각하면 된다.

그러나 단 한 가지, 확인해야 할 걸림돌이 남아 있었다.

"그런데 대표님."

"네."

"혹시 약물이나 그런 건……."

"아, 전혀 아닙니다. 테스트해 봐도 됩니다."

"그럼 아무 문제도 없습니다. 감기약이나 이런 것들만 주의해서 피하시면 됩니다."

"그래야죠."

최치우는 고개를 끄덕이며 미소를 지었다.

활화산 같은 내공이 단전에 자리 잡고 있는 그가 감기에 걸릴 일은 없다.

물론 이상태의 염려는 지극히 상식적인 것이었다.

실제로 올림푸스는 프로메테우스라는 획기적 해독제를 개발한 회사다.

최치우가 육상 기록을 세우면 너도나도 약물을 의심할 것 같았다.

아마 수십 차례의 도핑테스트를 받을 확률이 높다.

그러나 어떻게 검사를 해도 최치우의 몸에서 무엇도 발견하지 못할 것이다.

현대 과학으로 내공을 검출할 수는 없기 때문이다.

"잘 부탁드립니다, 감독님."

"저야말로… 잘 부탁합니다, 대표님."

최치우와 이상태 감독이 악수를 나눴다.

서로의 필요에 의한 관계지만, 엄청난 시너지를 낼 수도 있다.

올림푸스의 마법사 최치우가 바람을 후 불면 기적이 일어난다.

그 바람이 대한민국 육상계를 향해 불어닥치기 직전이었다.

"일정이 나왔습니까?"

"개최식은 11월 15일. 그때 1차 예산을 뗄 겁니다."

"그런데 무슨 육상 대회를 찬바람 쌩쌩 부는 가을에, 아니지, 11월 15일이면 초겨울이라 불러도 무방합니다."

"손기정 선수의 기일이 11월 15일입니다."

"아……. 이거 또 나만 역사의식 없는 사람이 된 기분인데, 미리 좀 말해주면 어디 덧납니까?"

임동혁이 무안한 표정을 지었다.

손기정 기념 육상 선수권은 11월 15일에 개최될 예정이다.

여느 때와 달리 많은 언론이 이번에 열리는 육상 선수권을 주목하고 있었다.

올림푸스가 후원사로 참여하고, 육상 인기를 위해 최치우가 100m 달리기 종목에 출전한다는 사실이 알려졌기 때문이다.

글로벌 스타 CEO로 불리는 최치우의 100m 달리기 출전은 그 자체로 뜨거운 이슈를 만들어냈다.

해외의 CEO들은 자선 활동을 위한 이벤트 경기에 출전하는 경우가 있었다.

그러나 한국에서는 보기 힘든 풍경이었다.

최치우는 올림푸스를 세계적인 기업으로 성장시키며 시가총액만 부풀리지 않았다.

딱딱한 한국 사회에 충격을 줄 수 있는 새로운 문화를 가져왔다.

대한민국이 실리콘밸리를 위협하며 세계 무대에서 경쟁하기 위해서는 문화부터 바뀌야 한다.

올림푸스나 오성그룹처럼 특출한 회사가 세계를 정복할 수 있다.

하지만 사회 전체의 경쟁력과 분위기가 바뀌지 않으면 영영 실리콘밸리를 따라잡을 수 없다.

권위적이고 수직적인 문화에서 제2의 올림푸스, 제2의 오성 그룹은 나오기 힘들다.

반면 실리콘밸리에서는 매달 창의적인 기업들이 탄생과 실패를 거듭하고 있다.

최치우는 올림푸스를 성공시키며 대한민국의 체질을 변화시킬 작정이었다.

군사독재 시절, 까라면 까는 정신으로 한강의 기적을 이뤘지만 더 이상은 유효하지 않다.

이제는 자유롭고 창의적인 환경이 필요하다.

파격적인 행보를 보이는 최치우의 일거수일투족이 한국에 새로운 기준을 제시하고 있는 셈이다.

"그나저나 갑자기 독도는 왜 가는 겁니까?"

입술을 삐쭉거리던 임동혁이 툭 질문을 던졌다.

최치우는 올림푸스 대표실에서 간단히 짐을 정리하고 있었다.

평소보다 일찍 퇴근해서 포항으로 내려가 울릉도행 배를 탈 계획이었다.

"독도 해저 자원 탐사 프로젝트가 어떻게 진행되고 있는지, 오랜만에 현장을 보려고 합니다."

"정기석 고문이 최근 다시 단장으로 취임하며 현장에 복귀했습니다."

"사실 그 뉴스를 보고 내려가는 겁니다. 정 단장님과 인사도 하고, 이야기도 듣고 싶어서."

"하긴… 대표님에게 있어 독도는 특별한 장소일 수밖에 없겠습니다."

"남 이야기 하듯 말하는군요. 독도가 아니었으면 이사님도 나랑 만날 일이 없었는데."

"그럼 독도가 내 인생도 바꿔준 셈입니다. 사실 별 관심 없었는데, 독도 지킴이 사업에 후원이라도 좀 하는 건 어떻습니까?"

"뉴욕에 광고하고 그런 건 쓸데없는 돈 낭비라서. 차라리 독도 해저 자원 사업에 지원을 하는 게 나을 겁니다. 그 문제도 상의하고 돌아오죠."

"알겠습니다. 일정은 며칠 정도입니까?"

"빠르면 이틀. 울릉도와 독도의 기상 상황이 나쁘면 사흘이 될 수도 있고, 더 늘어날 수도."

"현안이 생기면 연락하겠습니다."

"요즘은 독도에서도 인터넷이 잘 터지니까."

최치우는 가볍게 웃으며 짐을 마저 정리했다.

대화를 마친 임동혁은 목례를 하고 나서 대표실 밖으로 나갔다.

배낭에서 빠진 것은 없는지 확인한 최치우는 설레는 기분이 들었다.

마치 수학여행을 떠나기 전 학생들의 마음과 비슷했다.

사실 그럴 수밖에 없다.

독도는 최치우에게 무척 특별한 장소다.

독도 해저에 묻힌 메탄 하이드레이트를 개발하는 프로젝트가 올림푸스의 출발점이었다.

최치우는 S대 미래 에너지 탐사대 소속으로 수면 아래에서 프로젝트를 이끌었다.

뿐만 아니라 독도 바다에 휩쓸린 이시환을 구하며 깨달음을 얻었다.

대자연의 기운과 소통하는 방법을 느낀 것이다.

어쩌면 현대에서 마법 클래스가 빠르게 성장하는 것도 독도 바다에서의 깨달음 덕분인지 모른다.

"이게 몇 년 만에 가는 독도인지……. 벌써 동해 바다 냄새가 그립군."

최치우는 미소를 지으며 가방을 들었다.

사무실에 더 있어봐야 일을 못 하지 싶다.

그냥 빨리 포항으로 내려가 울릉도행 배를 타는 게 나을 것 같았다.

그의 얼굴에서 설렘이 고스란히 드러나고 있었다.

＊　　　　＊　　　　＊

울릉도에 도착한 최치우는 반가운 얼굴을 만났다.

여전히 수염 자국이 무성한 상남자, 정기석은 최치우를 보자마자 덥석 안았다.

"우리나라의 보물인 줄 알았는데 세계의 보물이 됐습니다. 내 인생 최고의 자랑이 최 대표님 안다는 거 아입니까, 커허허허!"

정기석 특유의 독특한 말투가 최치우를 웃게 만들었다.

파릇파릇한 20살, 대학 1학년 시절로 돌아간 것 같았다.

"다시 단장으로 취임하셨다 들었습니다. 축하드립니다."

최치우가 정식으로 인사를 건네자 정기석은 쑥스러운 듯 뒷머리를 긁적거렸다.

"이제 후배들한테 현장을 물려줘야 되는데… 엄치 불구하고 또 단장이 됐습니다."

"가스 사업은 어떤가요?"

최치우는 울릉도의 아름다운 해변길을 거슬러 올라가며 정기석과 대화를 나눴다.

몇 년이나 못 봤기에 할 이야기가 쌓여 있다.

그러나 역시 독도 해저 자원 프로젝트부터 물을 수밖에 없었다.

"최 대표님 덕분에 위치를 정확히 파악해서 시추 기계를 바다 가운데 꽂았다 아입니까."

"그게 벌써 3, 4년 전 일이군요."

"해저 채굴은 어느 정도 성과를 보고 있십니다. 핵심 기술도 김도현 교수님께 받았었고……."

정기석이 말한 기술은 최치우가 도쿄대에서 빼낸 것이다.

덕분에 독도 해저 자원 프로젝트는 탄력을 받았고, 최치우도 전 세계의 신비 현상에 대한 정보를 얻었다.

새삼 도쿄대에서 모험 아닌 모험을 펼치던 생각이 났다.

"이제 본격적으로 시추한 하이드레이트를 상품화할 수 있는지 시험할 단계가 됐십니다. 다시 단장이 된 것도 그만큼 부담스러운 일 아이겠십니까."

짧은 대화였지만 돌아가는 상황을 대충 알 것 같았다.

독도 해저에 묻힌 메탄 하이드레이트를 시추하는 단계는 넘었다.

다만 시추한 하이드레이트를 사용 가능한 가스로 만드는 건 또 다른 문제다.

독도 해저 자원 프로젝트의 마지막 고비를 앞두고 정기석이 책임자가 된 셈이다.

무거운 왕관을 쓴 정기석의 표정은 내내 진중해 보였다.

"잘될 겁니다. 단장님은 여기에 인생을 걸었잖아요."

"최 대표님이 씨앗을 뿌렸으니 열매를 잘 맺을 수 있게 노력하겠십니다. 그게 평생 나라에서 주는 밥을 묵어온 저 같은 놈들 책임 아이겠습니까, 커허허허!"

정기석은 짐짓 호탕한 웃음을 터뜨렸다.

예나 지금이나 한결같은 모습에 최치우도 덩달아 밝게 웃었다.

"일기예보를 보니까 내일은 맑다고 합니다. 오늘 푹 쉬시고, 아침 일찍 현장으로 넘어가면 될 것 같습니다."

"다행이군요. 사실 날씨 핑계로 울릉도에 오래 있고 싶기도 했는데."

"커허허ㅡ! 그거야 얼마든지, 우리는 최 대표님만 괜찮으면 여기서 같이 살고 싶은 마음입니다!"

"하하! 그랬다간 임동혁 이사가 입에 칼을 물고 찾아올 겁니다."

최치우는 기분 좋게 농담을 주고받았다.

울릉도는 서울과 공기부터 다르다.

눈을 돌리면 펼쳐지는 풍경은 입을 떡 벌어지게 만든다.

자연의 기운이 강성한 곳이라 마나도 쉽게 느껴졌다.

여러모로 컨디션이 좋아질 수밖에 없었다.

"마음 같아선 단장님과 술잔을 나누고 싶지만, 내일을 위해 참겠습니다."

"소주는 내일 현장 다녀와서 찐하게 한잔 드리겠습니다."

어느새 최치우와 정기석은 해변 길을 가로질러 숙소 앞에 다다랐다.

내일 아침이면 다시 독도로 향한다.

최치우는 동해의 심연으로 휩쓸렸던 순간을 어제 일처럼 생생하게 떠올렸다.

왠지 독도의 바다에서 무슨 일이 벌어질 것만 같았다.

4장
정령왕의 그림자

배 위에서 바라보는 동해는 언제나 특별한 감정을 선사해 준다.

끝없이 펼쳐진 푸른 바다를 보고 가슴이 뛰지 않는다면 남자가 아니다.

최치우는 갑판에 나와 가슴을 활짝 폈다.

쌀쌀한 바람이 불어왔지만 개의치 않았다.

파도가 부서지며 갑판 위로 물방울이 튀는 것도 즐거웠다.

최치우는 입술에 묻은 짠내 나는 바닷물을 닦아내며 미소를 지었다.

'고향에 온 것 같은 기분이다.'

여러 차원을 환생하며 서로 다른 인생을 살아온 최치우에게는 딱히 고향이 없다.

첫 번째 삶을 살았던 링스 월드도 그립지 않았다.

링스 월드에서는 매일 누군가를 죽이며 평생을 보냈었기 때문이다.

그에 비해 세상을 바꾸고, 인류 전체의 미래를 열어주는 지금의 삶이 훨씬 만족스러웠다.

다른 차원에서 얻었던 악명과 달리 현대에서는 영웅으로 유명해졌다.

그래서일까.

깨달음을 준 동해, 그리고 어머니의 집밥이 있는 서대문 아파트가 고향처럼 느껴졌다.

"최 대표님, 파도가 잔잔하지만 조심해야 됩니다. 몇 년 전에도 사고 났었다 아닙니까."

뒤쪽에서 정기석의 걸걸한 목소리가 들렸다.

그는 최치우가 파도에 휩쓸린 이시환을 구하다 동해에 빠졌던 걸 기억하고 있었다.

최치우는 고개를 돌려 미소를 지었다.

"걱정 마세요. 그때도 안 죽고 살았잖아요."

"하기사 바다가 잡아먹기엔 우리 대표님 기가 더 쎈 것 같습니다."

"당연하죠."

최치우와 정기석은 농담을 주고받으며 웃음을 터뜨렸다.

동해의 심연까지 빠지고도 멀쩡히 살아 돌아온 사람이 바로 최치우다.

오늘처럼 파도가 약한 날, 그가 바다를 겁낼 이유는 없었다.

이윽고 두 사람과 가스 사업단 연구진을 태운 배가 시추 기계 가까이 다다랐다.

독도 인근 해역, 바다 한가운데 거대한 시추 기계가 꽂혀 돌아가는 광경은 아무리 봐도 장관이다.

최치우는 가슴 깊이 자부심을 느꼈다.

독도에 묻힌 메탄 하이드레이트는 신기루와 같았다.

엄청난 가치를 지녔지만, 실제로 시추하려면 엄청난 난관을 극복해야 했다.

하지만 20살 대학생에 불과했던 최치우가 실마리를 찾았고, 결국 동해에 시추 기계가 우뚝 세워졌다.

대한민국의 독도 지배 실효력은 한층 강화됐으며, 머지않아 메탄 하이드레이트를 가스로 추출할 경우 엄청난 경제적 이익을 거둘 수 있다.

최치우는 성인이 되자마자 애국 끝판왕을 찍은 셈이다.

조국 대한민국에 그가 안겨준 선물 꾸러미는 독도 해저 자원만 있는 게 아니었다.

올림푸스와 퓨처 모터스가 유발하는 경제 효과도 측정하기 힘들 정도다.

무조건 직원을 많이 고용하는 것만 사회 기여가 아니다.

산업의 패러다임을 바꾸고, 세계시장에서 경쟁력을 높이면 국가 브랜드가 덩달아 상승한다.

한국의 대외 신뢰도 향상에 최치우가 기여하는 바는 엄청나다.

시장에서 그의 영향력은 대통령 이상이다.

그 출발점이 된 독도의 시추 시계를 보고 마음껏 자부심을 느껴도 탓할 사람은 없다.

"아는 얼굴들도 제법 남아 있을 겁니다. 같이 올라가입시다."

정기석이 앞장섰다.

시추 기계는 하나의 인공 섬이나 다름없다.

가스 사업단 직원들은 울릉도에 상주하지만, 필요할 경우 시추 기계 내부에서 며칠씩 지낼 수도 있다.

파도가 너무 높아지면 억지로 배를 타고 나오는 것보다 시추 기계 내부의 숙직실에 있는 게 훨씬 안전하다.

쿠구궁— 쿠구구구구—

해저 깊숙이 뿌리를 박아 내린 시추 기계에서는 쉴 새 없이 굉음이 울렸다.

확실히 편한 환경은 아니다.

가스 사업단은 동해 복판에서 추위와 고독, 그리고 소음과 싸우며 대한민국의 미래 에너지를 캐내고 있었다.

"모두 주목—! 내가 누구와 함께 왔는지 직접 보도록!"

정기석이 목소리를 높였다.

기계의 소음과 파도 소리도 뚫어버리는 우렁찬 외침이었다.

각자 작업에 몰두하고 있던 가스 사업단 직원들이 고개를 돌렸다.

곧이어 몇 사람이 최치우를 알아보고 탄성을 터뜨렸다.

"올림푸스의… 최치우?"

"최치우 대표다!"

"와―!"

탄성은 물결처럼 번지며 가스 사업단 전체로 퍼져 나갔다.

동해 한가운데에서 느닷없이 최치우의 팬미팅이 열린 분위기였다.

"영광입니다, 대표님."

"단장님께 말씀 많이 들었습니다!"

최치우는 조심조심 다가오는 직원들에게 먼저 손을 내밀었다.

"반갑습니다. 몇 년 전에 봤던 분들도 있군요. 여러분이 독도에서 고생한 결과가 곧 대한민국 에너지 산업의 한 축을 책임지게 될 겁니다. 국민의 한 사람으로서 감사를 드립니다."

"아닙니다, 다 월급 받고 하는 일인데요!"

"와하하하하―!"

넉살 좋은 직원의 농담에 모두 웃음이 빵 터졌다.

최치우도 함께 웃었다.

그렇지만 이내 고개를 저으며 대답했다.

"대한민국 최고의 인재들이 바닷바람 맞으며 가족과 떨어져 고생하는 건 단순히 돈 때문은 아니겠죠. 저는 비전을 가지고 몸을 내던지는 사람을 좋아합니다. 국가사업이지만 필요한 부분이 있다면 올림푸스에서 적극적으로 지원하겠습니다."

"대표님, 참말이십니까?"

최치우의 깜짝 발표에 정기석이 가장 먼저 반응했다.

그는 현장 지원의 부족함을 절실히 느끼고 있었다.

우리나라 정부는 항상 최소한의 예산 투입으로 최대의 효과를 보려고 한다.

그 과정에서 누군가 희생하고 헌신할 수밖에 없다.

독도 해저 자원 프로젝트도 사정은 크게 다르지 않았다.

정기석을 포함한 가스 사업단 직원들은 인생을 바쳤고, 열악한 환경에도 묵묵히 헌신하고 있었다.

만약 올림푸스가 지원을 해준다면 큰 힘이 될 것이다.

실질적인 효과는 둘째 치고, 우선 가스 사업단의 사기가 올라간다.

가족과 떨어져 고생하는 직원들이 힘을 내는 것.

정기석이 가장 바라던 부분을 최치우가 말 몇 마디로 채워줬다.

"그냥 하는 말이 아닙니다. 사업 초기, 한영그룹에서 후원사로 나섰었죠. 단장님께서 필요한 물품과 금액을 정리해서 알려주시면 최대한 맞춰서 돕겠습니다."

"아이고, 우리 복덩이 대표님—!"

정기석이 최치우를 와락 껴안았다.

최치우는 요즘 들어 덩치 큰 남자들과 포옹을 나누는 일이

잦아졌다.

시추 기계 위의 가스 사업단 직원들은 일제히 최치우의 이름을 연호했다.

"최치우! 최치우!"

"고맙습니다, 대표님!"

"더 열심히 하겠습니다!"

한바탕 기분 좋은 소란이 끝나고, 최치우는 정기석과 직원들을 천천히 돌아봤다.

"여러분, 독도는 저에게 아주 특별한 곳입니다. 독도의 해저 자원 프로젝트 덕분에 지금의 올림푸스가 탄생했습니다."

모두 진지한 얼굴로 최치우의 말을 경청했다.

대한민국을 넘어 세계를 움직이는 글로벌 리더의 진솔한 이야기를 들을 수 있는 기회는 흔치 않다.

정기석 단장도 말없이 귀를 쫑긋 세우고 있었다.

"올림푸스는 소울 스톤 발전소를 짓고 있습니다. 완전히 새로운 대체에너지로 대한민국과 인류의 미래를 밝힐 겁니다. 여러분은 이곳에서 독도의 메탄 하이드레이트를 시추하고 있습니다. 엄청난 양의 하이드레이트를 확보하면 대한민국 경제는 비장의 무기를 장착하게 되겠죠. 서로 떨어져 있지만, 우리는 같은 꿈을 꾸고 있습니다. 여러분의 꿈도 올림푸스가 응원하겠습니다."

최치우의 목소리는 정기석과 가스 사업단 직원들에게 전율을 일으켰다.

24살의 청년.

그가 바다 위에서 내뱉은 말은 거대한 파도처럼 사람들의 마음을 집어삼켰다.

짝짝짝— 짝짝짝짝짝—!

누가 먼저랄 것도 없이 박수를 쳤다.

최치우는 파도 소리와 함께 울리는 박수 소리를 들으며 가볍게 고개를 숙였다.

자기 일에 최선을 다하며 세상을 이롭게 만드는 사람들에게는 경의를 표해야 한다.

가스 사업단 직원들의 박수는 오래도록 끊이지 않았다.

그들 역시 최선의 경의를 최치우에게 표현했다.

바닷바람은 차가워도 훈훈한 공기가 독도의 시추 시계를 감싸고 있었다.

*   *   *

짧지만 강렬한 연설로 사람들의 마음을 녹인 최치우는 시추 기계 구석구석을 확인했다.

시추 기계는 여러 층으로 이뤄져 있었다.

층마다 들어선 장비와 역할이 다르다.

최치우는 정기석에게 설명을 들으며 해저 시추 작업이 어떻게 진행되는지 파악할 수 있었다.

머리로만 아는 것과 현장을 직접 눈으로 보는 것은 천지 차이다.

독도 시추 기계를 돌아본 건 최치우에게도 좋은 공부가 됐다.

꽤 오래 시추 기계에 머무른 최치우는 먼저 돌아오는 배에 올라탔다.

정기석은 가스 사업단 직원들과 함께 마지막 배를 탈 예정이었다.

결과적으로 최치우가 탄 배에는 몇 명의 선원들 외에 아무도 없었다.

선원들은 조타실에서 배를 움직이는 데 집중한다.

여지없이 갑판으로 나온 최치우는 누구의 방해도 받지 않았다.

남들의 시선으로부터 자유로운 상태로 동해를 즐길 수 있게 됐다.

'좋다, 이 바람.'

최치우는 배 후미의 갑판에서 눈을 감고 바다 냄새를 맡았다.

조타실의 선원들은 특별한 일이 없는 이상 전방 항로를 주시한다.

최치우가 후미 갑판에서 눈을 감든 뭘 하든 굳이 신경 쓸 가능성은 낮았다.

휘이이— 휘이이이—

거꾸로 부는 바람이 최치우의 온몸을 스치고 지나갔다.

최치우는 타이타닉의 주인공처럼 양팔을 좌우로 넓게 펼쳤다.

울릉도에서 배를 타고 나왔을 때부터 몸이 마나에 반응하고 있었다.

그는 현대에서 7서클의 벽을 넘었다.

7서클이면 아슬란 대륙에서도 손꼽히는 마법사로 이름이 오르내리는 레벨이다.

마법이 사라진 지구에서 최치우가 7서클을 빠르게 돌파할 수 있게 해준 원동력은 다름 아닌 동해였다.

바다의 심연을 느끼는 경험을 통해 마나를 급속도로 받아들이게 됐기 때문이다.

그래서인지 독도 인근으로 나오면 사방의 마나들이 격하게 넘실거리는 것 같았다.

여기서 마법을 펼치면 평소보다 몇 배의 위력을 낼 수 있을지 모른다.

"플래시!"

최치우는 재미 삼아 7서클 마법을 캐스팅했다.

왼손에 들고 있던 스마트폰이 순식간에 오른손으로 이동했다.

자기 몸이 아닌 사물을 순간 이동 시키는 건 무척 까다롭다.

하지만 이제는 완전히 익숙해졌다.

찌릿—

그때였다.

최치우의 감각에 뭔가 날카로운 게 걸렸다.

마치 낚싯줄에 사나운 물고기가 매달린 기분이었다.

장난삼아 7서클 마법을 펼치며 마나를 일으킨 순간, 기다렸다는 듯 뭔가 반응한 것이다.

'마나가 작용할 때 이만한 기운을 뿜어내는 것은… 정령인가?'

최치우는 눈을 가늘게 뜨고 갑판 너머 바다를 쳐다봤다.

파도는 그리 거세지 않았다.

그러나 최치우의 감각이 헛발질을 했을 리 없다.

츠팟!

바로 그 순간, 갑작스레 물방울이 튀어 올랐다.

최치우는 재빨리 고개를 꺾었고, 바다에서 솟구친 물방울이 갑판에 떨어졌다.

"이거였군."

그냥 물방울이 아니었다.

정확히 표현하면 주먹만 한 크기의 물방울 덩어리가 한데 뭉쳐 있었다.

헌터로 살았던 차원에서 슬라임이라는 D급 몬스터가 이와 비슷하게 생겼다.

어떻게 보면 물방울 덩어리 같고, 또 어떻게 보면 커다란 젤리 같다.

분명한 건 평범한 자연현상은 아니었다.

물방울이 흩어지지 않고 덩어리로 모여 꿀렁거릴 일은 없기 때문이다.

"운딘. 오랜만에 보니 헷갈렸어."

최치우는 물방울 덩어리의 정체를 간파했다.

하급 물의 정령, 운딘이었다.

슬라임을 닮은 운딘이 난데없이 최치우의 눈앞에 나타난 것이다.

"뭔가 이상한데······."

자연스럽지는 않았다.

하급, 중급, 상급 정령은 인격이 없다.

단순하고 뚜렷한 의지만 존재할 뿐이다.

물론 운딘이 최치우의 마나에 반응해 모습을 드러냈을 수도 있다.

"약하긴 해도 소울 스톤을 품고 있겠지. 어쨌든 잘 만났다."

최치우는 얼른 운딘을 소멸시키고 소울 스톤을 챙길 생각이었다.

배의 선원들이 후미 갑판을 보고, 이상한 점을 느끼기 전에 서둘러야 한다.

저벅저벅—

마음을 굳힌 최치우가 운딘이 있는 곳으로 걸음을 옮겼다.

마법을 쓰지 않고 권왕의 아랑권이나 소림사 금강나한권 일초식만 펼쳐도 금방 소멸시킬 수 있을 것 같았다.

그런데 반전이 일어났다.

인격이 없는 운딘이 분명한 메시지를 내뿜은 것이다.

[정령의 대적이여, 너에게 심판을 내릴 것이다.]

최치우는 귀를 의심할 수밖에 없었다.

정확히 말하면 마음으로 울린 메시지를 의심했다.

사념을 발산해 의사소통을 하는 것은 최상급 정령부터 가능한 일이다.

어마어마한 파괴력을 자랑했던 상급 불의 정령 샐러맨더도 메시지를 전달하진 못했다.

최상급으로 진화하지 않는 이상 인격을 가질 수 없기 때문이다.

그런데 가장 미약한 존재인 하급 정령이 언어를 초월한 의사소통을 해냈다.

아슬란 대륙에서 정령에 대한 지식을 쌓은 최치우도 처음 경험하는 일이었다.

[정령의 대적이여, 너에게 심판을 내릴 것이다.]

똑같은 메시지가 반복적으로 울렸다.

다행히 소리가 나는 걸 걱정할 필요는 없었다.

하급 물의 정령 운딘의 메시지는 오직 최치우의 마음 안에서만 울려 퍼지고 있었다.

'이건······.'

최치우는 이상한 점을 느끼기 시작했다.

운딘은 최상급 정령 아도니스처럼 자신의 의지를 전하는 게 아니었다.

마치 반복 버튼을 누른 스피커처럼 같은 의지를 되풀이하고 있었다.

"메신저로 쓰이고 있군."

최치우는 늦게나마 감을 잡았다.

운딘은 메신저 역할을 수행하고 있다.

자신의 의지로 무서운 경고를 반복하는 게 아니었다.

누군가 운딘에게 메시지를 심어놓고, 마나의 작용이 느껴지면 사념을 발산하도록 조종한 것이다.

파직— 파지직—

최치우는 내공을 일으켜 주먹에 담았다.

당장에라도 운딘을 소멸시킬 수 있다.

하급 정령은 최치우에게 한입거리도 안 된다.

그렇지만 방심은 금물이다.

눈앞의 운딘은 평범한 하급 정령이 아니었다.

과연 메시지만 심어져 있을까, 아니면 다른 위험한 능력도 함께 심어졌을까.

최치우의 의심은 곧 사실로 드러났다.

[정령의 대적이여, 너에게 심판을 내릴 것이다.]

똑같은 의지를 반복하던 운딘이 갑자기 섬광을 토해냈다.

슬라임을 닮은 물방울 덩어리에서 푸른빛이 사방으로 솟구친 것이다.

최치우에겐 낯설지 않은 섬광이었다.

최상급 물의 정령, 아도니스가 뿜어내던 빛과 매우 비슷했다.

'위험하다!'

최치우는 섬광을 피해 몸을 날렸다.

판단이 늦었다면 꽤나 곤란했을 것이다.

주먹 크기의 운딘이 바위처럼 늘어났기 때문이다.

그게 끝이 아니었다.

커다랗게 몸집을 불린 운딘은 제자리에서 떠올랐다.

부웅―

물방울로 이루어진 바위가 10㎝ 정도 도약했고, 곧장 다시 갑판을 내리찍었다.

쿠우우웅!

엄청난 충격이 후미의 갑판을 반으로 갈랐다.

어찌할 틈도 없이 배가 뒤로 기울어지기 시작했다.

최치우는 망설이지 않고 사자후를 터뜨렸다.

"배가 침몰합니다! 구조 신호 보내고, 모두 탈출하도록―!"

내공이 담긴 사자후가 쩌렁쩌렁하게 울렸다.

갑작스러운 충격과 사자후에 화들짝 놀란 선원들이 구명조끼를 찾았다.

다행인지 불행인지 선원들은 왜 배가 충격을 받고 침몰하는지 몰랐다.

멀쩡하던 배가 아무런 예고 없이 기울어졌다.

그렇기에 후미를 살펴볼 경황도 없었다.

그나마 최치우의 사자후 덕분에 정신을 차리고 다급히 탈출 준비를 할 수 있었다.

'빌어먹을.'

최치우는 속으로 욕을 삼켰다.

갑판을 찍어 배를 침몰시킨 운딘은 바닷물 속으로 몸을 숨겼다.

탈출하느라 정신이 없는 선원들에게 들킬 염려는 없었다.

그러나 마냥 다행스러운 일은 아니었다.

운딘이 메시지를 전한 것, 그리고 몸집을 키워 배를 침몰시킨 것 모두 예사롭지 않았다.

하급 정령에게 이런 능력을 부여할 수 있는 존재는 누구일까.

'정령왕이겠지.'

답은 하나밖에 없다.

물의 정령왕이 운딘을 조종한 게 분명하다.

정령왕은 독자적인 이름을 가진 특별한 존재다.

최상급 물의 정령은 각각의 인격이 있지만, 무조건 아도니스란 이름으로 불린다.

하지만 정령왕은 스스로 이름을 지을 수 있다.

고유하고 독보적인 존재로서 정령들을 통치하는 반신(半神)이나 마찬가지다.

아슬란 대륙에서도 최상급 정령과·정령왕은 만나기 어려웠다.

한 번 등장하면 대륙에 어마어마한 풍파를 일으키고 사라졌다.

최치우는 현대에서 본의 아니게 정령 헌터가 됐다.

소울 스톤으로 대체에너지를 개발하기 위해서는 다른 방법이 없었다.

그 결과, 드디어 정령왕의 직접적인 경고를 받기에 이르렀다.

베네수엘라에서 소멸시킨 최상급 물의 정령 아도니스는 유언처럼 저주를 남겼었다.

정령왕이 최치우를 찾아내 복수를 할 거라는 말이었다.

아도니스의 유언은 허풍이 아니었다.

물의 정령왕과 싸워야 할 순간이 다가오고 있었다.

'우선 이놈부터 처리하고……!'

최치우는 복잡한 생각을 거뒀다.

배를 침몰시킨 운딘부터 소멸시키는 게 먼저다.

운딘은 정령왕의 기운을 받아 기형적으로 성장했다.

게다가 배가 침몰하며 최치우는 운딘과 함께 차가운 동해에 빠졌다.

물의 정령은 수중에서 모든 힘을 발휘할 수 있다.

하급 정령이라고 만만히 볼 수 있는 상황이 아니었다.

게다가 주어진 시간이 많지 않다.

구조선이 도착하기 전, 물에 빠진 선원들이 안정을 찾고 뒤를 보기 전에 재빨리 소멸시켜야 한다.

푸확―!

최치우는 차가운 바닷속으로 고개를 밀어 넣었다.

완전히 잠수한 것이다.

수영 선수들도 바다를 겁낸다.

그렇지만 최치우에게 동해는 어머니의 품처럼 느껴졌다.

이곳에서 자연과 하나 되는 깨달음을 얻었기 때문이다.

그는 눈을 부릅뜨고 운딘을 찾았다.

몸집이 거대해진 운딘은 배를 침몰시킨 바로 그 자리에 있었다.

수면 바로 아래에서 동동 떠 있는 모습이 귀엽게 보일 지경이다.

그러나 우습게 볼 상대가 아니었다.

바다는 물의 정령들의 힘을 증폭시키는 홈그라운드나 다름없다.

아니나 다를까.

최치우를 발견한 운딘이 수중에서 회오리를 만들었다.

쏴아아아—!

거센 물줄기가 최치우를 향해 쏘아졌다.

최치우는 파도의 영향으로 움직임이 자유롭지 못했다.

하지만 내공을 담은 발길질로 몸을 틀어 회오리를 피할 수 있었다.

'역시 하급 정령의 공격이 아니다. 정령왕의 권능이 깃들었어!'

최치우는 숨이 가빠오는 걸 느끼며 이를 꽉 깨물었다.

운딘은 최상급 물의 정령 아도니스를 연상시키는 회오리를 뿜어냈다.

'시간은 없고……!'

최치우는 복잡하게 생각하지 않았다.

일격필살이 아니면 곤란하다.

정령왕의 권능을 받은 운딘과 바다 가운데서 오래 싸울수록 불리해질 뿐이다.

고오오오—

최치우가 마나를 모았다.

평범한 하급 정령이었다면 마법을 쓰지 않았을 것이다.

그러나 상황이 달라졌다.

최치우는 무려 7서클 마법을 캐스팅했다.

'그래비티!'

입을 벌릴 수 없어 속으로 주문을 외쳤다.

곧이어 중력을 자유자재로 다스릴 수 있는 7서클 마법이 펼쳐졌다.

슈슈슉!

운딘의 몸체가 수면 아래로 내려앉았다.

보이지 않는 밧줄에 묶여 끌어당겨지는 것 같았다.

당연히 그래비티의 권능 때문이다.

최치우는 중력을 거꾸로 작용시켜 한강 다리에서 자살을 시도하던 박우식을 살렸었다.

이번에는 중력을 강화시켜 운딘의 몸집을 찍어 누르고 있었다.

'조준 완료!'

이윽고 운딘이 최치우의 발아래로 내려왔다.

버둥거리며 사방으로 물줄기를 쏘지만, 그래비티를 깨뜨릴 힘은 없었다.

최치우는 다시 한번 7서클 마법을 펼쳤다.

이번에는 자기 자신에게 중력을 강화시켰다.

'그래비티!'

슈우우우욱—!

최치우의 몸이 순식간에 바닷속 깊이 역주행했다.

어마어마한 속도였다.

그의 주먹은 방금 전 아래로 옮겨놓은 운딘을 노리고 있었다.

첫 번째 그래비티로 운딘을 아래에 묶어놓고, 두 번째 그래비티로 추진력을 얻어 물속에서 낙하한 것이다.

탁월한 임기응변이었다.

7번의 환생을 거듭한 사람다운 전투 센스가 빛을 발했다.

파아악!

그의 주먹이 운딘에게 꽂혔다.

새롭게 수련 중인 권왕의 아랑권, 맹아일격(猛牙一擊)이 수중에서 폭발했다.

퍼벅— 퍼버버버벅—!

바위처럼 부풀었던 운딘의 몸체가 산산조각 났다.

슬라임을 닮은 형상이 잘게 부서지며 바다에 흡수됐다.

그 순간, 운딘은 마지막으로 다른 메시지를 전달했다.

[바로 이곳에서 나의 심판이 임할 것이다!]

섬뜩한 경고였다.

정령왕은 운단이 소멸될 때 새로운 메시지를 전하도록 조종해 놓았다.

그때 최치우의 눈에 하늘색 조각이 보였다.

'소울 스톤이다!'

그는 얼른 손을 뻗었다.

운단이 소멸하며 남긴 소울 스톤을 놓칠 수 없었다.

'올라가서 생각하자. 숨이 차서 죽겠어.'

작은 소울 스톤을 꽉 잡은 최치우는 수면 위로 올라갔다.

사실 생각할 거리가 무척 많았다.

돌연변이 운단의 등장, 정령왕의 경고, 어느 것 하나 쉽게 넘길 일이 아니다.

뜻밖에 소울 스톤을 얻었지만 기쁨보다 걱정이 앞섰다.

"푸하—!"

수면 위로 고개를 내민 최치우는 상쾌한 공기를 한 움큼 머금었다.

선원들은 구명조끼를 입은 채 둥둥 떠 있었고, 저 멀리서 구조선이 다가오는 게 보였다.

배는 침몰했지만, 다행히 큰 사고로 이어지진 않았다.

오늘 일은 한바탕 해프닝으로 남게 될 것이다.

찰랑이는 바닷물 아래에서 최치우와 운단의 전투가 벌어졌다는 걸 누가 짐작이나 할 수 있겠는가.

그러나 분명 꿈이 아닌 현실이었다.

최치우는 오른손으로 소울 스톤의 촉감을 느끼며 입술을 굳게 다물었다.

물의 정령왕.

미지의 존재가 최치우를 노리고 있다.

어렴풋한 위험이 아닌 실체적인 위협이다.

최치우는 흠뻑 젖은 머리를 쓸어 넘기며 복잡한 생각을 정리했다.

앞으로 어떤 사건이 일어날지 예측하기 어려웠다.

*　　　　　*　　　　　*

"아니, 대표님은 독도만 왔다 하면 바다에 빠지는 징크스라도 생긴 거 아입니까? 커허허허허!"

정기석이 웃음을 터뜨리며 분위기를 풀었다.

독도 시추 기계와 울릉도를 오가는 배 한 척이 부서졌지만, 다행히 인명 피해는 없었다.

구명조끼를 입지 않은 최치우도 선원들과 함께 무사히 구조선에 올라탔다.

해경에서는 진상을 조사하기 위해 애를 썼지만 빈손으로 돌아갔다.

갑자기 충격을 받았고, 배가 침몰했다.

선원들이 할 수 있는 말은 그게 전부였다.

그야말로 귀신이 곡할 노릇이다.

하지만 별다른 증거가 없으니 다들 액땜했다고 넘어갈 수밖에 없었다.

최치우는 따뜻한 물로 씻고, 옷을 갈아입은 다음 정기석과 소주잔을 나누는 중이었다.

"그러게 말입니다. 동해의 용왕님에게 굿이라도 해야 할지."

"몇 년 전에도 대표님이 바다에 빠졌다 돌아와서 일이 술술 풀린 걸로 기억하고 있습니다. 메탄 하이드레이트가 집중적으로 매장돼 있는 포인트도 딱 찾아내고! 이번에도 좋은 징조라 생각하입시다."

"좋은 징조라……. 단장님 말을 들으니 위로가 되네요. 그래도 한창 바쁜 와중에 폐를 끼쳐 죄송합니다."

"폐는 무슨, 그런 말씀 마십시오. 우리가 어디 그런 사이입니까? 커허허."

최치우는 미소를 머금고 소주잔을 들었다.

울릉도 특산물인 오징어 회와 명이 나물을 안주 삼아 마시는 소주는 달콤하기 그지없다.

시원하게 잔을 비운 최치우가 웃으며 말했다.

"서울로 돌아가서 구체적인 지원 계획을 수립하겠습니다. 사업단에서 필요한 부분, 가감 없이 백승수 팀장에게 전달해 주세요."

"이 은혜는 하이드레이트를 잘 캐내서 갚겠십니다."

"그거면 충분합니다. 우리나라가 남의 눈치 안 보는 에너지 강국이 되는 거, 단장님과 제가 꿈꾸는 미래 아니겠습니까."

"크으—! 역시 우리 최 대표님 말은 사나이 심장을 뛰게 만드십니다."

다시 소주를 따른 정기석이 잔을 높이 들었다.

사실 최치우는 마음 편히 소주를 마실 기분은 아니었다.

정령왕의 경고를 피부로 느꼈기 때문이다.

그럼에도 밝은 얼굴로 정기석과 이런저런 이야기를 주고받았다.

억지로 기분을 맞춰줄 필요는 없다.

다만 정기석은 최치우가 진심으로 존경하는 몇 안 되는 인물이다.

그에 대한 예우로 몇 시간 고민을 뒤로하고 소주를 마시는 것이다.

"건배하입시다, 건배."

"사고 없는 현장을 위하여."

"커, 좋십니다. 사고 없는 현장을 위하여!"

울릉도의 밤, 소주잔이 오가며 깊이 있는 대화가 쌓였다.

최치우와 정기석은 각자의 자리에서 최선을 다해 싸우는 영웅이다.

두 영웅의 재회로 밤공기가 훈훈하게 데워졌다.

인재가 곧 자원인 대한민국에서 두 사람의 존재는 바꿀 수 없는 보물과 같았다.

5장

질주

독도 현장을 살펴보고 돌아온 최치우는 약속을 지켰다.

가스 사업단을 전폭적으로 지원하라는 지시를 내린 것이다.

사실 국가사업을 후원해 봤자 당장 돌아오는 이익은 거의 없다.

초창기 국민 관심이 폭발적이었을 때처럼 홍보 효과를 누리지도 못한다.

그럼에도 불구하고 최치우의 결심은 확고했다.

임동혁과 백승수도 그의 마음을 이해하고 있었다.

두 사람 모두 독도와 인연이 없지 않다.

백승수는 미래 에너지 탐사대 멤버로 최치우와 함께 독도를 다녀왔었다.

임동혁 역시 독도 프로젝트 때문에 최치우에게 30억 원을 투자하며 재계의 망나니에서 황태자로 변신할 수 있었다.

올림푸스의 실무를 책임지는 임동혁, 백승수가 동의했기에 지원은 일사천리로 진행됐다.

최치우는 독도 프로젝트에 마음을 놓고 행사를 준비했다.

어느새 11월 15일, 손기정 기념 육상 선수권이 코앞으로 다가왔다.

언론에서는 이미 최치우가 100m 달리기 시합에 참가한다는 사실을 알고 있었다.

하지만 이벤트 시합 이상의 의미를 두는 사람은 아무도 없었다.

내년 올림픽을 앞두고 육상에 대한 국민적 관심을 고취시키기 위해 최치우가 나섰다고 생각했다.

올림푸스가 육상 선수권의 후원사가 됐으니 그림은 나쁘지 않았다.

아마추어도 참여할 수 있지만, 굳이 쟁쟁한 선수들 틈에서 고생하려는 사람은 거의 없다.

게다가 손기정 선수권 우승자에게는 국가 대표 선발전 출전권이 주어진다.

상식적으로 최치우의 1차 예선 통과는 불가능해 보였다.

그러나 진실을 아는 사람들은 다르다.

유영조 대통령, 임동혁, 그리고 이상태 감독은 선수권이 열리기만 기다렸다.

24살의 나이로 세계적인 기업을 이룩하고, 수십조 원의 부자가 된 전설적인 청년 CEO 최치우의 또 다른 진면목을 온 세상이 알게 될 것이다.

문무쌍전(文武雙全)이란 말은 머나먼 삼국시대의 사자성어다.

주유, 능통, 태사자 등 일당백의 무력과 모사의 지략을 갖춘 기재들에게 주어지는 찬사였다.

하지만 문명이 발달할수록 문무쌍전인 사람을 찾기 어려워졌다.

경쟁이 점점 치열해지면서 전문 분야 하나만 파고들어도 최고가 되기 힘든 세상이기 때문이다.

그렇기에 최치우는 독보적 신인류로 우뚝 설 수 있다.

지나치게 뛰어난 모습을 보여주는 게 독이 될 수도 있다고 임동혁이 우려할 정도였다.

그러나 주사위는 이미 던져졌다.

최치우는 단순히 병역 면제만을 위해 100m 달리기 출전을 결정한 게 아니었다.

처음에는 병역을 해결하기 위해 달리기라는 방법을 찾아냈지만, 이후로는 생각이 꼬리를 물고 이어졌다.

이제껏 동양인이 한 번도 넘지 못한 벽을 깨부순다면 의미가 있을 것 같았다.

단지 육상 기록 하나만 갈아치우는 게 아니다.

육체의 한계 따위는 얼마든지 극복할 수 있다는 자신감을 심어준다면, 산업혁명 이후 서양에 눌려왔던 동양의 혼을 일깨

울지 모른다.

　문화와 산업은 보이지 않는 선으로 연결돼 있다.

　최치우는 달리기로 수십억 아시아 사람들에게 자신감을 심어주고 싶었다.

　11월 15일은 최치우로 인해 또 하나의 역사가 바뀌는 날이 될 것이다.

　일제강점기에도 마라톤으로 민족의 자긍심을 되살렸던 손기정을 기리는 날.

　바로 그날, 최치우는 대한민국과 아시아의 기수가 되어 누구보다 빨리 달릴 작정이었다.

　　　　＊　　　　　＊　　　　　＊

　"스타트 자세라고 해도 별거 없습니다."

　"엄청 중요한 거 아닙니까?"

　"물론 선수들에게는 중요합니다. 자세를 어떻게 잡느냐에 따라서 기록을 0.1초라도 단축시킬 수 있습니다. 그런데 대표님은……."

　이상태 감독이 민망한 표정으로 말끝을 흐렸다.

　최치우는 그를 빤히 쳐다보고 있었다.

　둘은 테스트 이후 몇 번 만나서 제법 친해진 느낌이 들었다.

　결국 이상태 감독이 본심을 토로했다.

　"대표님은 선수가 아니라 괴물이니까, 자세는 크게 신경 쓰

지 않아도 됩니다. 그냥 서서 출발해도 9초를 찍는 사람이 또
누가 있을라고……."

최치우는 웃을 수밖에 없었다.

기분이 좋아서가 아니다.

적나라하게 솔직한 이상태 감독의 말이 100% 사실이기 때
문이다.

그에게 스타트 자세는 아무 의미가 없다.

선수들은 한창 달릴 때 팔의 각도와 다리의 폭까지 계산한
다.

그러나 최치우에겐 해당 사항이 없었다.

근력을 폭발시키면, 혹은 내공을 아주 살짝만 쓰면 세계신기
록도 우습기 때문이다.

그는 오히려 8초의 벽을 깨지 않기 위해 주의를 기울여야 했
다.

만약 실수로 8초보다 빨리 달려 버리면 진짜 외계인 취급을
받을지 모른다.

한바탕 웃은 최치우가 다시 진지한 얼굴로 돌아왔다.

"그래도 기본은 해야죠. 스타트부터 달리기 자세까지, 남들
이 봤을 때 이상하지 않을 정도로."

"혹시 자세 때문에 대표님의 기록이나 페이스가 줄어들까
봐……."

"그건 걱정하지 않아도 됩니다."

이상태가 염려하는 건 최치우의 기록 단축이다.

그는 최치우가 일부러 천천히 달려서 9초를 마크했다는 사실을 꿈에도 모르고 있었다.

그렇기에 어설픈 육상 자세는 최치우에게 마이너스가 될까 봐 걱정하는 것이다.

대한민국, 아니, 아시아 최초의 단거리 육상 금메달 감독이 되고 싶다는 이상태의 꿈은 진지했다.

최치우는 그를 똑바로 쳐다보며 괜한 근심을 덜어줬다.

"감독님, 나는 어떤 자세로 달려도 세계신기록을 깰 수 있습니다. 그러니까 제대로 가르쳐 주세요."

"알겠습니다, 대표님."

아이러니한 상황이었다.

선수 경력이 전혀 없는 최치우가 국가 대표 감독을 닦달하고 있었다.

이상태 감독은 얼치기가 아니다.

육상계에서 실력을 인정받은 정통파 감독이다.

하지만 그도 최치우 앞에만 서면 어리바리한 초보 감독으로 변했다.

어쩔 수 없는 일이었다.

막 달려도 9초를 돌파하는 괴물 같은 사람은 난생처음이었다.

미국이나 자메이카 국가 대표 감독이 와도 똑같을 것이다.

"허리를 살짝 들고… 무게중심은 약간만 앞으로. 언제든 튀어나갈 수 있게 준비하는 겁니다."

"중심을 어느 정도 앞에 두면 될까요?"

"선수들에게는 10점 만점에 6.5라고 가르치고 있습니다."

"알겠습니다. 디테일해서 좋군요."

최치우는 이상태 감독의 가르침에 만족했다.

그를 믿고 편한 분위기를 만들어주니 진가가 발휘됐다.

역시 아무나 국가 대표 감독을 하는 게 아니었다.

스타트 자세를 배운 최치우는 달리기 자세로 진도를 쭉쭉 뺐다.

완벽할 순 없지만, 남들이 볼 때 육상 선수 같은 모양새가 나오면 된다.

그럼 오래전부터 육상을 좋아하며 훈련했다는 알리바이를 만들 수 있다.

최치우는 바쁜 와중에도 짬을 내서 이상태 감독과 함께 구슬땀을 흘렸다.

감동적인 스토리를 선보이기 위해서는 그만큼 준비가 필요하다.

나쁘게 말하면 사기극에 가깝지만, 최치우는 역사를 다시 쓰려는 것이다.

세상의 중심을 옮기는 원대한 계획이다.

얼떨결에 합류한 이상태 감독도 최선을 다해 노하우를 전수했다.

약속의 날이 다가오고 있었다.

         *   *   *

최치우는 이상태 감독의 레슨을 기억했다.

자세 하나만 몸에 익히는 건 최치우에게 어려운 일이 아니었다.

이미 무공을 수련하며 형(形)과 식(式)을 깨우쳤다.

무공 초식은 운동 자세보다 훨씬 더 난해한 동작이다.

금강나한권과 아랑권 초식을 통달한 최치우에게 달리기 자세는 누워서 떡 먹기였다.

몇 번의 반복 훈련 덕분에 최치우는 육상 선수 못지않은 자세를 외우게 됐다.

이제는 생각을 하지 않아도 몸이 알아서 움직인다.

처억—!

운동복을 입은 최치우가 스타트 라인에서 자세를 잡았다.

그를 지켜보는 수많은 관중들이 벌써부터 탄성을 흘렸다.

"와아—!"

"자세가 제대로인데?"

"그러게, 육상에 관심 많았다는 기사를 봤는데 진짜인가 보네."

실내 운동장에는 전례 없이 많은 사람들이 들어찼다.

국내에서 열린 육상 대회가 이런 관심을 받는 경우는 처음이었다.

모두 최치우의 100m 달리기 출전이 만들어낸 결과다.

11월의 날씨는 꽤 쌀쌀해서 실내 운동장의 공기도 차가웠다.

하지만 최치우 덕택에 고조된 관중들의 열기가 추위를 물리치고 있었다.

"정우성보다 더 멋있지 않아? 백도 없이 올림푸스를 만들고, 어린 시절의 꿈을 이루기 위해 육상 대회에 나와서 관심도 일으키고. 후원도 해주고 말야. 저런 남자 또 없겠지?"

"생긴 건 정우성이 낫지만, 최치우만 한 남자가 한국에 누가 있겠어. 저런 사람 만나고 싶으면 살부터 빼."

"너어!"

젊은 여성 관중들이 최치우를 보며 수다를 떨었다.

최치우는 2년 전부터 웬만한 아이돌이나 영화배우보다 더 인기가 많았다.

올림푸스와 퓨처 모터스로 국내 기업 시총 2위에 등극한 지금, 어떤 연예인도 최치우와 비교하면 초라해진다.

마치 아이돌 콘서트 현장처럼 젊은 여성 관중의 비율이 높은 것도 당연했다.

관객들만 보면 육상 선수권이 아닌 것 같았다.

'침착하게… 흥분해서 너무 빨리 달리면 곤란해지니까.'

최치우는 자신을 향해 쏟아지는 관심을 몸소 느끼고 있었다.

관중들만 난리가 난 게 아니었다.

육상 선수와 대회 관계자들도 최치우를 힐끔힐끔 신기하게 쳐다봤다.

나쁜 뜻은 없을 것이다.

TV와 뉴스에서 보던 세계적인 CEO를 직접, 그것도 육상 대회 참가 선수로 만나니 신기할 수밖에 없다.

올림푸스가 육상 선수권을 후원했기에 대놓고 고맙다고 말한 선수들도 있었다.

작년과 달리 대회 상금과 시설 지원 등이 풍족해졌다.

또 육상 선수들은 최치우 덕분에 평생 최고의 관심을 받게 됐다.

그들이 최치우의 이벤트성 출전을 나쁘게 보지 않고, 고마워하는 게 당연했다.

물론 모든 것은 최치우가 1차 예선에서 탈락할 것을 전제로 한 이야기다.

최치우를 응원하는 여성 팬들도 1차 예선 탈락을 기정사실로 받아들였다.

그저 열심히 뛰는 모습을 보고 싶을 뿐, 진짜 선수들 틈에서 예선 통과를 할 거라고 누가 기대하겠는가.

"스텝—!"

그때였다.

드디어 출발 직전 기계음이 울렸다.

웅크리고 앉아 있던 선수들이 허리를 높이 들고 달려 나갈 준비를 했다.

곧이어 총성이 터졌다.

타앙!

8명의 선수들이 전력으로 뛰기 시작했다.

그런데 놀라운 사건이 일어나고 말았다.

실내 운동장을 가득 채운 관중들이 일제히 함성을 내질렀다.

"우와아―!"

"와아아아아아아―!"

길고 긴 함성이 끊이지 않고 이어졌다.

3번 레인의 선수가 나머지 7명을 여유롭게 따돌리고 압도적인 스피드를 보여줬기 때문이다.

비록 1차 예선이지만 전직 국가 대표부터 전국체전 메달리스트까지, 결코 만만하지 않은 선수들이 출전했다.

그러나 3번 레인의 선수는 독보적이었다.

피니시 라인 근처에서는 살짝 여유를 부리며 선두로 통과했다.

전광판을 쳐다본 사람들의 환호성은 더욱 커졌다.

"9초 98! 9초, 9초다―!"

"9초오오오오오!"

오래전부터 육상을 좋아하던 사람들은 목청이 터지도록 괴성을 내질렀다.

손기정 기념 육상 선수권 직전까지 한국 신기록은 10초 07이었다.

1차 예선에서 한국 신기록은 물론이고, 동양인들에겐 절벽과 같았던 마의 9초대가 깨진 것이다.

"3번 누구야? 김동영인가?"

"김동영? 근데 김동영은 다음 조 아니었어?"

사람들이 혼란에 빠졌다.

전광판에는 최치우(Chiwoo-Choi)라는 이름이 꼭대기에서 빛나고 있었다.

"설마 3번 레인이……?"

경기장 안의 단 한 사람, 이상태 감독을 제외한 모두가 경악을 금치 못했다.

경기를 지켜본 관계자와 관중들, 특히 함께 달린 선수들은 집단 패닉에 빠졌다.

이벤트로 출전한 올림푸스 CEO 최치우.

그가 바로 9초 98로 한국 신기록을 경신한 3번 레인의 주인공이었다.

*　　　　*　　　　*

─야, 김 기자! 너 일 똑바로 안 할래? 니가 스포츠 기자 몇 년 차인데 이런 오타를 내고 앉아 있어! 어!

전화기 너머로 편집국장의 호통이 울렸다.

하지만 당사자는 억울한 표정으로 항변했다.

"국장님, 오타가 아닙니다. 제대로 쓴 기사 맞아요!"

─뭐? 이 새끼가 약을 했나……. 너 혹시 낮술 하고 경기장 간 거 아냐?

"아니라니까요! 진짜 이걸 보여줄 수도 없고."

―임마! 그럼 올림푸스 최치우가 9초대로 한국 신기록 깼다는 게 오타가 아니라고? 김동영도 아니고?

"진짜예요, 진짜! 9초 98! 예선 1조 3번 레인! 못 믿겠으면 유튜브 보세요. 지금 사람들이 동영상 올리고 난리 났을 테니까!"

참다못한 기자가 화를 냈다.

도무지 믿어주지 않는 편집국장의 다그침을 계속 들으면 화가 날 만도 했다.

그제야 국장도 분위기가 심상치 않음을 느꼈다.

그는 전화기를 켜놓은 채 유튜브를 켰다.

기자의 귓가로 국장이 키보드 두드리는 소리가 들렸다.

―어? 어……? 이, 이게… 3번 레인이 최치우라고? 우리가 아는 그 최치우 대표?

"맞다니까요!"

―이게… 말이 되는 일이냐, 김 기자?

"말도 안 되죠. 근데 눈앞에서 벌어진 일인데 어떻게 해요. 기사 써야지."

―그, 그래. 알았다! 얼른 속보, 특종! 일단 내보내고 생각하자!

국장이 다급히 전화를 끊었다.

다른 언론사에서도 비슷한 풍경이 연출되고 있었다.

당최 믿지 못하는 편집국장과 현장 기자의 언쟁은 유튜브 동영상을 확인하고 나서야 끝났다.

그리고 누가 먼저랄 것도 없이 특종 기사가 폭풍처럼 쏟아졌다.

엄밀히 말하면 단독 보도가 아니기에 특종은 아니다.

그러나 기사 내용이 워낙 충격적이어서 다들 메인으로 걸기 바빴다.

네티즌들의 반응도 뜨거웠다.

기사를 처음 본 사람들은 가짜 뉴스로 착각했다.

〈올림푸스 최치우 대표, 100m 달리기 한국 신기록 경신!〉
〈10초의 벽을 깨뜨린 올림푸스 최치우 대표!〉
〈최치우, 이벤트성 출전에서 한국 신기록과 9초의 벽 동시 돌파!〉

헤드라인을 보면 가짜 뉴스나 만우절 농담으로 생각할 수밖에 없다.

하지만 기사 내용과 첨부된 현장 영상을 보면 모두 사실이다.

3번 레인에서 다른 선수들을 여유롭게 따돌린 장본인은 분명 최치우였다.

최치우는 달리기 한 번으로 전국을 떠들썩하게 만들었다.

전문 육상 선수가 아닌 일반인, 그것도 세계적인 기업을 창립한 CEO가 9초의 벽을 깨뜨린 전무후무한 사건은 머지않아 전 세계로 퍼져 나갈 것이다.

외신들도 소식을 받는 대로 대서특필할 게 분명했다.

발 빠른 CNN 월드 와이드 채널에서는 벌써 유튜브 영상을 입수해 속보로 내보냈다.

단순히 한국 선수가 9초대 기록을 세웠다면 이렇게까지 화제가 되진 않았을 것이다.

그러나 최치우가 기록의 주인공이기에 글로벌 핫 토픽으로 꼽히는 게 당연했다.

예를 들면 페이스북을 창업한 마크 주커버그가 100m 달리기 미국 신기록을 세운 셈이다.

그만한 뉴스에 환호하지 않을 사람이 누가 있겠는가.

최치우의 달리기 기록 뉴스도 전 세계를 흥분시키기 충분했다.

10초도 안 되는 시간, 한 번의 질주로 지구를 뜨겁게 만든 당사자인 최치우는 크게 기뻐하지 않았다.

그는 처음부터 한국 신기록을 가볍게 뛰어넘을 걸 알고 있었기 때문이다.

'하마터면 너무 빨리 달릴 뻔했다. 딱 이 정도가 좋으니까, 다음부터는 조심해야겠어.'

그는 선수 대기실에서 가슴을 쓸어내렸다.

9초 98은 딱 적당한 기록이었다.

조금만 더 빨리 뛰면 세계신기록까지 깨버릴 뻔했다.

물론 우사인 볼트가 세운 세계신기록을 계속 남겨둘 수는 없다.

최치우는 동양인 최초로 100m 세계기록의 꼭대기에 이름을 올려둘 작정이었다.

하지만 드라마틱한 스토리를 위해 올림픽 결승전까지 기록 경신을 참아야 했다.

너무 일찍 김을 빼버리면 열기가 식는다.

남들은 0.01초라도 기록을 당기기 위해 노력할 때, 최치우는 한 편의 영화를 쓰기 위해 이것저것 주의를 기울이고 있었다.

그러나 귀찮은 일은 이제 시작일 뿐이다.

최치우는 전 세계가 자신을 영웅 또는 괴물로 바라보리란 걸 알면서도 달리기를 선택했다.

당장 여러 번의 까다로운 도핑테스트부터 받아야 한다.

그래도 후회는 없었다.

누구도 따라올 수 없는 족적을 인류의 역사에 남기는 것.

그 길을 선택한 사람은 최치우 자신이기 때문이다.

문무쌍전의 신화, 살아 있는 전설.

최치우는 100m 달리기 때문에 더더욱 많은 주목을 받게 됐다.

유영조 대통령이 경고했듯이 네오메이슨도 최치우를 평범한 사람으로 여기지 않을 것이다.

앞으로 최치우에게 가해질 압박과 위협의 수위는 예전과 사뭇 다를지 모른다.

최치우는 가시밭길마저도 모조리 짓밟아 꽃길로 바꾸겠다

는 각오를 다졌다.

대기실의 다른 선수들은 말도 못 걸고 경외의 시선으로 최치우를 훔쳐보고 있었다.

이미 익숙해졌지만 새삼 선수들의 눈빛이 와닿았다.

최치우는 임동혁이 말한 것처럼 고독한 왕의 길을 걸어가야 한다.

그는 말없이 스마트폰을 켜고 호들갑을 떠는 언론들의 기사를 읽었다.

'이 정도로 놀라면 곤란해.'

온갖 미사여구로 가득한 기사들이 넘쳐나지만 별다른 감흥이 없었다.

최치우는 24살의 나이로 이만큼 세상을 놀라게 만들었다.

30대가 되려면 5년이 넘게 남아 있다.

남은 20대 동안 세상을 몇 번이나 더 뒤흔들지 장담하기 어렵다.

더구나 남자 인생은 서른부터라는 말도 있다.

30대 이후의 최치우는 얼마나 무서운 인물이 돼 있을지 상상하기 힘들 정도다.

사람들은 세계적인 기업과 100m 달리기 신기록을 동시에 이룬 최치우에게 열광하지만, 이것은 그저 시작에 불과하다.

최치우가 차원이 다른 신인류임을 증명하는 서막이 오늘 열린 셈이었다.

*   *   *

"죄송합니다, 대표님. 저희도 이런 경우는 처음이라……. 양해를 부탁드립니다."

대한체육회에서 파견된 검사관이 90도로 허리를 숙였다.

최치우는 그의 부담을 덜어주기 위해 손을 내저었다.

"괜찮습니다. 당연히 해야 할 일인데요."

"그럼 실례지만……."

"네."

다소 민망한 상황이 연출됐다.

최치우는 남자 화장실 소변기 앞에 서 있었다.

중년의 검사관은 고개만 살짝 옆으로 돌린 채 화장실 안에 남았다.

보통 도핑테스트는 소변과 혈액으로 실시한다.

소변을 채취할 때는 검사관이 화장실 밖에서 기다리는 게 관례다.

그러나 대한체육회에서는 최치우를 특별 테스트 대상으로 선정했다.

그가 육상 선수권 예선에서 세운 기록이 납득할 수 없는 수준이기 때문이다.

환호하는 사람들도 많지만, 온갖 음모론을 늘어놓는 익명의 네티즌들도 적지 않았다.

대한체육회 입장에서는 신경을 써서 진실을 밝힐 수밖에

없다.

오죽하면 소변 샘플을 교체하는 등 편법이 발생하지 못하게 검사관이 화장실 안에서 기다릴 정도였다.

"여기 있습니다."

최치우는 성실하게 소변을 받아 샘플을 건넸다.

불필요한 오해와 음모론을 해소하기 위해서는 순순히 협조를 해줘야 한다.

올림픽에 출전하면 IOC도 각종 도핑테스트를 실시할 게 뻔하다.

어차피 넘어야 할 산이라면 굳이 짜증을 낼 필요는 없다.

검사관도 상부의 지시를 받아 업무를 수행하는 것뿐이다.

"감사합니다, 대표님. 그럼 잠시 후 혈액검사를 부탁드리겠습니다."

"그래요. 편하게 하세요."

"감사합니다."

검사관은 혹시라도 최치우가 불쾌해할까 봐 조심스러운 태도로 일관했다.

최치우는 육상 선수가 아니다.

세계를 움직이는 거물 CEO다.

그가 작정하고 나서면 대한체육회 회장 자리도 위태로워질 수 있다.

이미 재계와 정관계에서 최치우는 실세로 소문이 나 있었다.

유영조 대통령이 올림푸스의 신사업을 적극 지원한 것은 공공연한 비밀이다.

시가총액 기준 재계 서열 2위, 그리고 대통령도 함부로 대하지 못하는 인물.

최치우의 존재감은 보통 사람들에게 두려움을 불러일으키기 충분하다.

물론 그는 권위로 다른 사람을 찍어 누르는 취미 따위는 없다.

카리스마를 발휘할 때가 있고, 그렇지 않을 때가 있다.

시도 때도 없이 권위를 부리면 볼썽사나운 꼰대일 뿐이다.

최치우는 젊은 꼰대로 여겨지고 싶지 않았다.

"잠시 대기실에서 쉬고 계시면 혈액검사를 하러 찾아뵙겠습니다."

"알겠습니다."

최치우는 가벼운 마음가짐으로 화장실에서 빠져나왔다.

어차피 결과는 정해져 있다.

몇 번을 검사해도 최치우가 도핑테스트에 걸릴 확률은 1%도 없었다.

테스트 결과가 나와도 음모론을 쓰는 사람들은 계속 딴소리를 할 것이다.

최치우의 정체는 외계인이라는 말까지 나올지 모른다.

그래도 상관없다.

양식 있는 사람들은 공인된 기관의 테스트 결과를 믿을 것이다.

최치우는 기꺼운 마음으로 혈액검사도 감내했다.

따지고 보면 도핑테스트 검사관들도 최치우 때문에 고생을 하는 중이다.

평소라면 육상 종목에서 도핑테스트를 하는 경우는 흔치 않다.

그런데 이제는 몇 번에 걸쳐 온 신경을 집중한 채 정밀하게 샘플을 채취해야 된다.

자칫 작은 실수라도 발생하면 무거운 책임을 져야 한다.

국민적 관심이 쏠린 도핑테스트는 처음이라 검사관들도 부담스러울 수밖에 없다.

"안 아프게 해주세요. 잘 부탁드립니다."

최치우가 농담을 던져 검사관들의 긴장을 풀어줬다.

그의 밝은 모습에 주삿바늘을 든 검사관도 슬며시 미소를 지었다.

세상이 최치우라는 측정 불가능한 영웅을 받아들이는 과정이다.

도핑으로 파악할 수 없는 신인류, 최치우의 신화는 질주하는 야생마처럼 시대를 바꾸고 있었다.

*　　　　　*　　　　　*

최치우가 1차 예선에서 파란을 일으키고 이틀이 지났다.

원래 손기정 기념 육상 선수권의 하이라이트는 마라톤 시합이다.

손기정 선수가 마라토너였고, 한국이 세계에서 두각을 나타낼 수 있는 유일한 육상 종목도 마라톤이기 때문이다.

그러나 이번 선수권에서는 판도가 완전히 바뀌었다.

인기 종목이던 마라톤에 쏟아지던 관심이 단거리 종목인 100m 달리기로 집중됐다.

100m 결승전이 열리는 날, 경기가 펼쳐지는 실내 운동장은 이미 만원이었다.

육상 선수권에서 표가 다 팔린 일은 처음이었다.

최치우는 한국 육상계의 역사를 다시 써버렸다.

한시적이지만 대한민국 육상의 인기가 축구나 야구를 능가한 것 같았다.

최치우는 100m 달리기 결승전에 나서 몸을 풀었다.

그가 운동장에 등장하자 관중석을 가득 채운 사람들이 환호성을 내질렀다.

"와아아아—! 최치우다아아아—!"

"최치우! 최치우! 최치우!"

월드컵에서 최고의 인기 선수가 등장했을 때, 아니면 WBC에서 4번 타자가 타석에 섰을 때와 비슷한 반응이었다.

최치우는 가볍게 스트레칭을 하며 환호성을 즐겼다.

열광적인 숭배의 대상이 되는 것은 매력적인 일이다.

세계적인 기업을 이룩해도 사람들의 직접적인 응원을 받을 기회는 많지 않다.

뉴스나 댓글, 여론을 통해 간접적으로 인기를 확인할 수 있다.

반면 운동선수와 연예인은 경기장과 무대에서 피부로 인기를 느낀다.

'이 맛도 나쁘지 않군.'

최치우는 씨익 웃으며 출발선에 안착했다.

결승전이지만 긴장이라고는 찾아볼 수 없었다.

그는 스타트 자세를 잡고 출발 신호를 기다렸다.

육상 선수권 다음은 국가 대표 선발전, 그리고 최종 목표는 내년 여름 올림픽이다.

최치우는 올림픽에서 세계신기록을 깨고, 금메달을 따는 순간 육상 은퇴를 발표할 계획이었다.

"스텝—!"

준비 신호가 울렸고, 고막을 때리는 총성이 터졌다.

타앙!

최치우가 결승선을 향해 금빛 질주를 시작했다.

그에게 있어 달리기는 잠깐의 유희다.

하지만 그를 지켜보는 수많은 국민들은 IMF 시절 박찬호, 박세리를 볼 때처럼 가슴 뻥 뚫리는 통쾌함을 느끼고 있었다.

6장

시 험

세상은 최치우의 100m 달리기 이야기를 하느라 정신이 없었다.

한동안 모든 뉴스와 방송에서 최치우가 수립한 한국 신기록을 언급했다.

해외 방송도 예외는 아니었다.

예전에도 최치우는 세계적인 유명 인사였다.

하지만 페이스북의 창립자 마크 주커버그, 애플을 만들고 일찍 떠나간 스티브 잡스 등 기라성 같은 경쟁자들 틈에서 도전하는 루키였다.

올림푸스와 퓨처 모터스의 시가총액을 합하면 무려 40조 원가량이다.

한국에서는 재계 2위에 오를 수 있는 액수다.

그렇지만 미국에서는 주목받는 루키에 해당한다.

시총 100조 원 이상의 기업들이 싸우는 메이저리그는 따로 있다.

그런데 100m 달리기 시합 이후 최치우의 유명세는 기준점을 넘어섰다.

지난 1주일 동안 전 세계 소셜미디어에서 가장 많이 언급된 인물이 바로 최치우였다.

빌보드 1위를 하는 가수도, 할리우드 영화배우도, 미국 대통령도 아닌 한국의 최치우가 세계 최고 화제의 인물로 떠오른 것이다.

벌써부터 그가 과연 세계신기록을 깰 수 있을지 점치는 기사도 나왔다.

우사인 볼트는 인간의 한계를 초월한 달리기 머신으로 불린다.

볼트의 세계신기록은 향후 10년 이상 깨지지 않을 금자탑으로 여겨지고 있었다.

그런데 뜬금없이 최치우라는 괴물이 등장한 것이다.

육상을 전문적으로 배우지도 않은 글로벌 기업의 CEO가 친선 대회에서 한국 신기록을 수립했다.

만약 최치우가 체계적인 훈련을 받는다면 올림픽 메달리스트를 위협할 수 있다는 분석이 더 이상 허황된 소리로 느껴지지 않았다.

물론 최치우에게 훈련은 필요 없다.

그러나 열심히 훈련하는 척이라도 해야 한다.

그래야만 세상을 조금이라도 납득시킬 수 있다.

손기정 기념 육상 선수권에서 우승을 차지한 최치우는 국가 대표 선발전에 나가겠다고 공표했다.

본업은 올림푸스의 CEO지만, 한시적으로 대한민국 육상 발전을 위해 헌신하겠다고 발표한 것이다.

당연히 국민들은 대한민국 최초의 올림픽 단거리 육상 메달을 기대하기 시작했다.

경제부터 외교 안보까지 답답한 뉴스만 가득한데 최치우는 비현실적인 슈퍼스타로 우뚝 섰다.

해외에서도 그를 아이언맨, 슈퍼맨 등의 호칭으로 부르며 실리콘밸리 CEO들과 차별화했다.

마크 주커버그로 대표되는 실리콘밸리의 슈퍼 CEO들은 대부분 너드(Nerd) 스타일이다.

공부를 엄청 잘하고, 한 가지에 무섭게 집중하는 천재지만 사회생활에는 서툰 사람을 너드라고 부른다.

우리나라에서 조금 엉뚱하고 답답한 천재들을 범생이라고 부르는 것과 비슷하다.

하지만 최치우는 너드 스타일이 아니었다.

그는 젊고 건강한 육체를 자랑하며 대외적으로 활발한 모습을 보여왔다.

패션을 포함해 자신을 꾸미는 데 소홀하지 않았고, 100m 달리기 경기로 영화 속 만능 주인공다운 이미지를 획득했다.

그동안 동양인, 특히 아시아 남성은 미국과 유럽에서 완전히 찬밥 신세였다.

연구원이나 직원으로는 환영을 받았지만, 남자다운 매력을 어필하기 가장 힘든 인종이었다.

그런데 최치우는 동양 남자에 대한 편견을 완전히 깨부쉈다.

주류라고 할 수 있는 백인 여성들이 선망하는 아시아 남자가 된 것이다.

그야말로 문화적 시대적 아이콘으로 등극했다.

최치우 자신도 이 정도의 반응은 예상하지 못했었다.

10초도 안 걸리는 100m 달리기 한 번이 최치우라는 사람의 브랜드 이미지를 어마어마하게 바꿔놓았다.

병역을 해결하기 위해 시작한 일이 이만한 반향을 불러일으켰다.

최치우는 나비효과를 실감하며 다시 본업에 집중했다.

가끔 이상태 감독과 만나 의견을 교환하고, 내년 초 국가 대표 선발전을 가볍게 통과하면 된다.

그가 공식적으로 국가 대표가 되는 것은 따놓은 당상이다.

한국 신기록을 수립한 이상, 선발전 자체가 절차상 요식 행위에 불과하다.

최치우는 처음부터 올림픽만 노리고 있었다.

내년 여름, 뜨거운 함성이 올림픽 스타디움을 뒤덮을 것 같았다.

＊   ＊   ＊

"치우 군을 향한 함성이 점점 더 커지는 거 같아요."

김도현 교수가 미소를 지으며 말했다.

최치우는 민망한 표정을 지었다.

미래 에너지 탐사대는 S대 공학관에서 소울 스톤 연구를 지속하고 있었다.

그렇기에 최치우는 모교인 S대에 자주 방문하는 편이다.

원래 S대 후배들은 최치우를 봐도 소란을 피우지 않았다.

카메라를 들이밀고 알은척을 하면 최치우가 불편함을 느낄까 봐 학생들이 알아서 자제를 했던 것이다.

그러나 100m 달리기 이후 학생들의 자제심도 무너졌다.

그 정도로 최치우의 인기가 하늘을 찌르게 된 셈이었다.

최치우 차로 소문이 난 롤스로이스 레이스가 캠퍼스에 들어서면 난리가 난다.

차에서 내린 최치우가 공대 건물로 걸어오면 학생들은 S대 최고의 스타를 보기 위해 벌 떼처럼 모여들었다.

이제는 모교에서도 편하게 다니기 힘들어진 것이다.

"감당해야죠. 불편하긴 해도, 학교를 안 올 수도 없고."

"다들 영화 속 히어로를 보는 기분일 거예요. 한창 호기심도 많을 나이 아니겠어요."

"네. 이러니저러니 해도 후배들이니까, 귀여워 보입니다. 그보다……."

최치우는 품에서 작은 조각 하나를 꺼냈다.

크기는 작지만 하늘색 빛이 영롱한 보석은 운딘을 소멸시키며 얻은 소울 스톤이다.

김도현 교수도 한눈에 소울 스톤을 알아봤다.

"새로운 소울 스톤이군요. 언제 이걸……?"

"우연히 기회가 닿았습니다. 그렇지만 예전의 소울 스톤과는 다를 겁니다."

"어떻게 다르다는 말인가요? 크기가 조금 작은 감은 있네요."

"여기 담긴 에너지 수치 또한 앞선 두 개의 소울 스톤보다는 현저히 낮을 것 같습니다."

운딘은 하급 정령이다.

상급 정령인 샐러맨더, 최상급 정령인 아도니스를 소멸시키고 얻은 소울 스톤과 에너지양이 다를 수밖에 없다.

하지만 한 가지 변수가 존재한다.

최치우가 소멸시킨 운딘에는 정령왕의 권능이 깃들어 있었다.

그렇기에 평범한 하급 물의 정령답지 않게 꽤나 위험한 파괴력을 발휘했다.

어쩌면 소울 스톤에도 정령왕의 흔적이 남아 제법 많은 에너지를 담고 있을지 모른다.

그래봤자 상급이나 최상급 정령의 소울 스톤을 따라잡진 못하겠지만, 하급 정령이라고 마냥 무시할 수준은 아니었다.

"수치 분석은 며칠 안으로 끝낼 수 있을 것 같네요."

소울 스톤을 건네받은 김도현 교수가 담담하게 말했다.

미래 에너지 탐사대의 경험도 나날이 축적되고 있었다.

처음 샐러맨더의 소울 스톤을 분석하는 데 오랜 시간이 걸렸다.

하지만 지금은 며칠이면 소울 스톤에 담긴 에너지양을 측정할 수 있다.

최치우가 막대한 투자를 감행한 만큼, 김도현 교수와 연구진도 하루하루 발전하고 있었다.

"교수님, 보시는 것처럼 이번 소울 스톤은 물 속성을 가지고 있습니다."

"지금 우리가 갖고 있는 것과 같은 속성이지요."

"맞습니다. 하지만 먼저 드린 소울 스톤이 훨씬 귀한 것입니다."

최치우는 아도니스의 소울 스톤을 언급했다.

김도현 교수도 당연하다는 듯 고개를 끄덕였다.

아도니스의 소울 스톤에 담긴 에너지는 측정 기준치를 뛰어넘었다.

확실한 것은 샐러맨더의 소울 스톤보다 더 많은 에너지를 담고 있다는 사실이다.

"불 속성의 소울 스톤에서 에너지를 추출하는 데 성공했지만, 같은 방식을 쓰는 게 좋을지 의문스럽다고 하셨잖아요."

"그렇지요. 같은 방식의 실험을 해도 성공률은 25% 수준인데……. 알다시피 그 실험은 화력 발전의 원리를 차용한 것이라 불 속성 소울 스톤에만 효과를 발휘할지도 몰라요."

김도현 교수는 운 좋게 첫 번째 실험으로 샐러맨더의 소울 스톤에서 에너지를 추출해 냈다.

그러나 아도니스의 소울 스톤은 어떤 방식으로 실험을 해야 할지 갈피를 잡지 못했다.

계속해서 다양한 아이디어를 검토하며 연구를 이어가는 중이었다.

최치우는 미래 에너지 탐사대의 부담을 덜어주고 싶었다.

마침 손에 넣은 운딘의 소울 스톤은 최적의 재료였다.

"이번에 드린 소울 스톤으로 실험을 해보는 건 어떨까요. 앞서 드린 것에 비해 작은 소울 스톤이니 비교적 편하게 실험을 해도 될 것 같습니다."

"그래도 가치를 따지자면 수천억 원인데……."

하급 정령의 소울 스톤이라 해도 시장 가치는 수천억 원 이상이다.

천하의 김도현 교수도 운딘의 소울 스톤을 함부로 다룰 생각을 못 하는 게 당연했다.

하지만 최치우는 달랐다.

그에게 있어 하급 정령의 소울 스톤은 실험 재료일 뿐이다.

성공해도, 실패해도 대세에 큰 지장이 없다.

"이 정도 레벨의 소울 스톤은 많이 구할 수 있습니다. 산산조각이 나도 괜찮습니다. 그렇게 해서라도 실험 데이터가 쌓이면 충분합니다."

"정말 괜찮겠어요?"

"물론입니다. 샐러맨더, 붉은 소울 스톤으로 실험에 성공하지 않았습니까. 그 성과가 너무 크니까 앞으로 몇 번을 실패해도 됩니다."

최치우는 절대 뜬구름 잡는 소리를 하지 않는다.

칭찬을 하고, 격려를 할 때도 정확한 근거를 제시하는 편이다.

샐러맨더의 소울 스톤 실험이 성공하면서 발전소를 건립하게 됐다.

그걸로 올림푸스는 미래 에너지 탐사대에 투자한 본전 이상을 뽑았다.

그의 솔직한 말에 김도현 교수도 자신감을 얻었다.

"그럼 치우 군의 지시대로 따라야지요. 최대한 빠른 시일 안에 오늘 받은 소울 스톤으로 실험을 해보겠어요."

"잘 부탁드립니다, 교수님."

최치우는 쓸데없는 당부의 말을 덧붙이지 않았다.

김도현 교수라면 어련히 알아서 최선을 다할 것이다.

100% 신뢰하는 사람에게는 잔소리가 필요 없다.

수천억 원 가치를 지닌 소울 스톤을 아무렇지 않게 턱턱 맡길 수 있는 사람이 몇이나 될까.

그만큼 최치우의 배포는 남달랐다.

한번 믿기로 했으면 끝까지 믿는다.

이것이 현대에 환생해서 처음으로 가족을 만나고, 자기 사람들을 이끌게 된 최치우 리더십의 정수였다.

김도현 교수도 그의 진심을 알기에 말없이 고개를 끄덕이고 있었다.

*　　　　　*　　　　　*

12월은 1년 중 가장 바쁜 달이다.

너 나 할 것 없이 연말 분위기에 취해 송년회 약속을 잡기 때문이다.

회사에서는 연말 결산에 시달리고, 퇴근해서는 빡빡한 송년회 모임에 시달리는 게 보통 사람들의 12월 풍경이다.

들뜬 분위기도 하루 이틀이지 매일 반복되면 사람을 지치게 만든다.

그나마 연말 보너스를 받을 수 있다면 좀 나을 것이다.

최치우는 직장인으로 살아본 적이 없지만, 직원들의 마음을 세심하게 헤아렸다.

올림푸스는 직원들에게 두둑한 연말 성과금을 지급했다.

지난 1년 동안 올림푸스의 성장은 눈부실 정도였다.

최치우의 개인기에 절대적으로 의존하고 있지만, 뜨거운 열정을 품고 밤낮을 가리지 않은 직원들의 공로를 무시할 수 없다.

실리콘밸리의 퓨처 모터스 직원들도 적지 않은 보너스를 챙졌다.

회사가 무너질 위기까지 처했었지만, 제주도와 MOU를 체결하며 숨통이 트였기 때문이다.

사실 퓨처 모터스 직원들은 인수 합병을 떨떠름하게 여겼었다.

세계 최고의 전기차 기술을 보유한 회사가 갑자기 한국 회사에 넘어가는 상황이 반가울 리 없었다.

하지만 최치우는 탁월한 경영 능력으로 퓨처 모터스를 장악했다.

이제는 콧대 높은 실리콘밸리의 직원들 대부분이 최치우와 올림푸스를 인정할 수밖에 없었다.

이렇듯 최치우는 한국과 미국에서 가장 혁신적인 두 기업을 이끌며 연말을 보내고 있었다.

그를 부르는 행사와 모임은 수도 없이 많지만, 꼭 필요한 약속이 아니면 나가지 않았다.

내년에는 올해보다 더 굵직한 일들이 동시다발적으로 열매를 맺을 예정이다.

그렇기에 연말을 차분히 보내며 생각을 정리하고 싶었다.

퓨처 모터스의 전기차 출시, 광명의 소울 스톤 발전소 준공, 100m 달리기 국가 대표 선발전과 올림픽 출전, 그리고 1년 뒤 이맘때 열릴 대통령 선거까지.

그야말로 빅뱅이 연달아 터지는 새해가 될 것 같았다.

특히 대통령 선거는 한국 사회의 미래를 결정하는 분수령이다.

물론 올림푸스가 직접적으로 대선에 개입할 가능성은 제로다.

그러나 대선을 옆 동네 싸움 구경처럼 편하게 지켜볼 수만은 없을 것이다.

누가 대통령이 되느냐에 따라서 국가정책이 달라지기 때문이다.

지금처럼 정부의 적극적인 협조를 받을 수 있을지, 아니면 올림푸스가 견제의 대상이 될지 무엇 하나 장담할 수 없다.

이미 언론에서는 여당과 야당의 주요 대선 주자들을 분류하고 있었다.

여당의 유경민, 야당의 정제국.

둘 중 한 사람이 다음 대권의 주인공이 될 확률이 높았다.

두 사람도 비공식 캠프를 가동시키며 일찌감치 대선을 준비하고 있었다.

1년이라는 시간은 결코 길지 않다.

그래서일까.

여당의 유경민이 측근을 통해 최치우와 단둘이 만나고 싶다는 메시지를 전했다.

웬만한 약속을 다 거절하는 최치우도 움직일 수밖에 없었다.

어차피 한 번은 넘어야 할 산이라면 일찍 부딪치는 게 낫다.

12월의 어느 날, 최치우는 유경민을 만나기 위해 성북동으로 향했다.

최고의 인기를 누리는 세계적인 스타 CEO와 여당의 잠룡이 어떤 이야기를 나눌지.

대화의 결과에 따라 대한민국 권력의 판도가 뒤바뀔지 모른다.

최치우는 본의와 상관없이 정치권력마저 흔들 수 있는 태풍의 눈으로 인정받고 있었다.

＊   ＊   ＊

성북동은 기묘한 동네다.

산자락 언덕에 저택들이 늘어선 강북의 전통적인 부촌(富村)이다.

특히 성북동 인근에는 외국 외교관들의 공관과 사택이 많이 모여 있다.

그러나 평창동, 한남동 같은 강북의 다른 부촌과 성북동은 결정적인 차이점이 존재한다.

부자들의 저택이 늘어선 언덕 맞은편은 달동네라는 사실이다.

부촌에서 달동네가 바로 보이고, 마찬가지로 달동네에서도 부촌을 바로 볼 수 있다.

사람들은 잘 모르지만, 서울 시내에서 극명한 빈부 격차를 상징적으로 보여주는 동네가 바로 성북동이었다.

최치우는 성북동의 구불구불한 언덕길을 오르며 이상한 점을 느꼈다.

저택이 모인 동네는 우리나라가 아닌 LA 비버리힐스를 연상시켰다.

땅값이 너무 비싸 아파트를 다닥다닥 짓고도 집이 모자란 서울에서 초호화 저택은 사치 중의 사치다.

그런데 고개를 살짝만 돌리면 오래 된 연립주택이 즐비한 반대편 언덕이 보인다.

세계 어디서도 보기 힘든 광경은 최치우에게 독특한 인상을 심어줬다.

"도착했습니다, 대표님."

그때 운전대를 잡은 직원의 목소리가 울렸다.

보통 최치우는 롤스로이스 레이스를 직접 운전하며 다닌다.

하지만 오늘은 올림푸스 직원이 운전하는 법인 차량을 이용했다.

서울에서 몇 대 없는 롤스로이스가 유경민의 자택 입구에 주차를 하면 금방 소문이 퍼질 게 뻔하기 때문이다.

"기자들은?"

"오는 길에 자세히 살펴봤는데 괜찮은 것 같습니다. 원체 걸어 다니는 사람이 드문 동네고, 시간도 늦어서 안전해 보입니다."

"오케이, 수고했어요."

"근처에서 대기하고 있겠습니다."

최치우는 직원의 어깨를 두드리고 차에서 내렸다.

'금수저 끝판왕이라더니, 사는 집도 때깔이 다르군.'

유경민의 저택 담벼락은 유럽의 성채처럼 높이 솟아 있었다.

그야말로 전통적인, 90년대 이전 부자들이 선호하는 저택이었다.

요즘 재벌 2세나 3세들은 편리한 아파트 펜트 하우스나 고급 빌라를 선호한다.

어떤 집에 사는지만 봐도 그 사람의 성향을 파악할 수 있다.

최치우는 유경민이 매우 보수적인 성향의 사람일 거라 예상했다.

딩동—

초인종을 누르니 군더더기 없는 벨 소리가 울렸다.

누구세요, 라는 의례적인 물음은 들려오지 않았다.

유경민도 최치우가 오기만을 기다리고 있을 것이다.

끼이이익!

기다렸다는 듯 육중한 철문이 열렸다.

최치우는 안으로 들어가 계단을 거슬러 올랐다.

완만한 계단을 올라가니 넓은 정원이 나왔다.

정원사들이 공들여 관리한 티가 나는 정원 너머에 3층 저택이 보였다.

현관 입구에는 유경민의 비서로 보이는 사람이 나와 있었다.

"처음 뵙겠습니다, 대표님. 저는 유 의원님의 수행비서입니다."

"반갑습니다."

"안으로 모시겠습니다."

깍듯하게 허리를 숙인 수행비서가 길을 안내했다.

유경민은 저택 2층의 서재에서 최치우를 기다리고 있었다.

사실 최치우가 불쾌함을 느껴도 되는 상황이었다.

자택을 방문한 것부터 최치우는 많이 양보를 한 셈이다.

그런데 공손하긴 해도 수행비서를 먼저 내세우고, 유경민은 서재에서 손님을 맞이하는 건 결례였다.

국회의원들은 항상 이런 식으로 손님을 대한다.

누구를 만나도 자신보다 아랫사람으로 대우하는 게 익숙해진 탓이다.

재벌 총수들도 정치인들에게는 한 수 접어주기 때문에 생긴 관행이었다.

'마음에 안 들어도 일단 만나보고 판단해야지.'

최치우는 2층 서재 앞에서 편견을 버리려 애썼다.

그는 국회 국토교통위 회의에서 김호태 같은 저질 정치인을 혼내준 기억이 떠올랐다.

이제껏 최치우가 만난 정치인들은 대부분 수준 이하였다.

그러나 유영조 대통령은 훌륭한 인물이고, 유경민은 대통령과 같은 여당의 대선 주자다.

그렇기에 일말의 기대감을 품고 있었다.

똑똑—

"의원님, 최치우 대표님 오셨습니다."

"크흠."

방 안에서는 대답 대신 헛기침 소리가 들렸다.

수행비서는 익숙한 듯 당황하지 않고 문을 열었다.

"그럼 이만……."

최치우 혼자 서재 안으로 들어갔다.

우선 벽면을 가득 채운 책장과 수천 권의 도서가 눈길을 사로잡았다.

개인 서재가 아니라 작은 서점에 온 것 같았다.

유경민은 자단목으로 만들어진 책상에 앉아 있었다.

그는 최치우를 보고도 자리에서 일어나지 않았다.

손짓으로 앞쪽 의자를 권할 뿐이었다.

"명성은 많이 들었는데, 이렇게 와줘서 고맙네. 여기 앉게."

대뜸 반말이 나왔다.

현기 자동차의 홍문기 부회장처럼 상스러운 반말은 아니었지만, 초면에 마음대로 말을 놓는 건 똑같았다.

최치우는 의자에 앉아 유경민을 쳐다봤다.

사소한 것들이 모여 첫인상을 결정한다.

유경민의 인상은 점잖은 학자 같았다.

그렇지만 접객부터 반말까지, 여러 이유가 겹쳐져 좋게 보이지 않았다.

'전형적인 꼰대다.'

금수저 집안에서 태어나 경제학자를 거쳐 정치인으로 승승장구한 대선 후보.

그런 사람이 꼰대가 아니면 더 이상한 일이다.

새삼 대통령이 되고도 온화하고 겸손한 태도를 유지하는 유영조가 대단하게 느껴졌다.

"긴히 만나서 할 이야기가 있다고 들었습니다."

최치우는 인사를 생략했다.

기분이 좋지 않음을 간접적으로 드러낸 것이다.

유경민은 한쪽 눈을 살짝 찡그렸다가 이내 가식적인 웃음을 터뜨렸다.

"허허허, 요즘 젊은 사람들은 참 당차단 말이지. 그래, 피차 바쁜 처지이니 본론을 바로 말하겠네."

최치우는 말을 많이 하지 않았다.

어차피 여기까지 온 이상 유경민의 이야기를 들어볼 생각이었다.

"이제 대선이 1년 남지 않았나. 그래서 말인데⋯ 최 대표가 적당한 시기에 우리 캠프에 이름을 올려줬으면 하네. 정책 자문위원이든 뭐든 괜찮은 직함은 얼마든지 있으니."

예상을 벗어나지 않는 제안이었다.

어쩌면 대선이 열리는 내년 12월까지 1년 동안 비슷한 제안을 지겹게 들어야 할지 모른다.

최치우의 대답은 정해져 있었다.

"정치에 관여할 생각은 없습니다."

정중하지만 단호한 자세였다.

유경민의 첫인상이 나쁘기 때문은 아니다.

처음부터 현실 정치에 깊숙이 발을 담글 생각은 전혀 없었다.

정치란 너무 가까워도, 너무 멀어도 피곤한 생물이다.

적당한 거리를 유지하며 이익을 챙기는 게 낫다.

먼 훗날, 최치우가 원한다면 대통령도 될 수 있겠지만 아직은 사업에 집중할 때다.

정치권력의 정점에 서는 것보다 세계시장에 우뚝 서는 게 훨씬 어렵고 또 가치 있는 일이다.

그러나 유경민은 최치우의 거절을 미처 예상하지 못한 것 같았다.

그가 눈썹을 꿈틀거리며 되물었다.

"정치를 하라는 게 아니라 이름만 빌려달라는 말인데 이해가 안 되나? 우리 당이 배출한 대통령이 올림푸스에 얼마나 많은 것을 퍼줬는데, 은혜는 갚아야지."

유경민이 말실수를 했다.

해서는 안 될 말로 최치우의 심기를 건드린 것이다.

성북동에 도착했을 때부터 오래 참고 있던 최치우의 인내심이 투둑 끊어졌다.

고오오오오—

말없이 앉아 있는 최치우의 몸에서 스산한 기운이 뿜어져 나왔다.

일반인은 감당할 수 없는 살기가 유경민을 압박하기 시작했다.

"흐, 흐읍……."

유경민의 호흡이 거칠어졌고, 이마에선 때아닌 식은땀이 흘러내렸다.

최치우는 그를 노려보며 천천히 말했다.

"올림푸스와 청와대는 정당한 거래를 할 뿐, 은혜를 주고받는 관계가 아닙니다. 정경유착을 당연시하는 의원님의 말씀. 대단히 불쾌합니다."

"이 친구… 지금 무슨 기회를 걷어차고 있는지 모른단 말인가?"

유경민은 진땀을 흘리면서도 할 말을 뱉었다.

과연 유력 대선 후보로 거론되는 잠룡다웠다.

하지만 최치우는 권력 앞에서 겁을 먹지 않는다.

필요하다면 권력을 완전히 박살 낼 수도 있다.

쾅—!

최치우가 한 손으로 책상을 내려쳤다.

동시에 퍼져 나간 살기는 유경민의 숨통을 옥죄고, 내상을 입혔다.

"크헙!"

유경민이 속이 답답한 듯 마른기침을 토해냈다.

아마 내상 때문에 몇 주는 고생을 해야 할 것이다.

손가락 하나도 건들지 않고, 무형의 기운으로 유경민을 응징한 최치우가 입을 열었다.

"정치에 빌붙어 주어지는 기회 따위, 아무 관심이 없습니다.

기회는 당신이 아니라 내가 만드는 거니까."

말을 할수록 최치우의 기세가 거세어졌다.

유경민은 점점 큰 압박을 느끼는 듯 숨을 헐떡이고 있었다.

최치우는 살기를 줄이지 않고 봇물처럼 속마음을 쏟아냈다.

"저택에 앉아 기업인들 부르지 말고, 그 시간에 바로 옆 달동네에서 서민들이 어떻게 사는지 느껴보길 바랍니다. 그래야 대선에서 이길 확률이 1%라도 올라갈 테니. 알겠습니까?"

"크흐으음……"

"유 의원, 대선이 1년 남았습니다. 오늘 나에게 범한 무례의 사과는 당신이 청와대를 차지하고 나서 받아주겠습니다. 물론 선거에서 진다면… 다시는 만날 일도 없을 겁니다."

최치우는 미련 없이 자리에서 일어났다.

그가 한 말을 곰곰이 곱씹어보면 소름이 돋을 수밖에 없다.

대선에서 이기고, 대통령이 되면 잘 봐달라는 말이 아니다.

그제야 겨우 사과를 받아주겠다는 뜻이다.

대한민국 대통령조차 어렵게 여기지 않는다는 자신감이 묻어났다.

반면 대선에서 패배하면 유경민의 존재 자체를 무시하겠다고 밝혔다.

아무리 거물 정치인이라고 해도 먼지처럼 여길 수 있다는 말이다.

유경민은 의자에서 일어나지 못하고 숨을 씩씩거렸다.

다리에 힘이 풀려 일어나기도 힘들었다.

최치우의 살기에 짓눌려 내상을 입었으니 한동안 기력이 쇠할 것이다.

타악!

서재 문을 닫고 나오니 2층 복도에 수행비서가 서 있었다.

그는 안절부절못하며 차마 최치우를 쳐다보지 못했다.

안에서 주고받은 이야기를 들었을 터, 어쩔 줄 모르는 기색이었다.

"먼저 갑니다. 안내는 필요 없습니다."

최치우는 차가운 말을 남기고 수행비서를 지나쳤다.

그는 별다른 잘못을 하지 않았다.

그저 주인을 잘못 모시고 있을 뿐이다.

하지만 그마저도 자신의 선택이고 책임이다.

성북동 저택을 빠져나온 최치우는 직원을 호출했다.

근처에서 대기하고 있던 차가 금방 저택 앞으로 다가왔다.

"미팅이 일찍 끝나셨습니다, 대표님."

최치우가 너무 금방 나오자 직원이 의아한 듯 질문을 했다.

명색이 여당의 잠룡과 만났는데 10분도 걸리지 않았기 때문이다.

최치우는 조수석에 앉아 화를 가라앉혔다.

그리고 다른 질문을 던졌다.

"유경민 의원, 여당이라고 들었는데. 유영조 대통령님과 가까운 사이입니까?"

"아닙니다. 같은 여당이지만 대통령과 반대 계파입니다. 원래

현직 대통령과 차기 대선 후보는 사이가 나쁜 게 국내 정치의
오랜 습성입니다."

"역시 그렇군."

최치우는 조금 이해가 간다는 듯 고개를 끄덕였다.

이윽고 차가 움직여 언덕길을 내려왔다.

달동네와 부촌이 마주 보고 있는 성북동을 벗어나기 직전,
최치우는 운전을 하는 직원에게 특별한 지시를 내렸다.

"백승수 팀장에게 말해서 올해 CSR 예산을 추가 편성 하라
고 전하세요. 성북동 달동네 주민들 난방비와 생필품 지원으
로."

"네, 대표님."

최치우의 말 한마디로 엄청난 액수의 사회공헌예산이 성북
동 달동네 주민들에게 편성됐다.

맞은편 부촌의 저택에서 오만한 정치인을 만나서일까.

왠지 그러고픈 마음이 들었다.

유경민 덕분에 최치우는 거물 정치인의 더러운 속성을 알게
됐다.

유영조 대통령처럼 담백한 사람은 무척 드문 편이다.

대부분의 정치인들이 유경민과 비슷할 것 같았다.

여당과 야당의 문제가 아니다.

야당의 김호태 의원도 국회에서 현기 자동차의 로비를 받고
최치우를 공격하려다 큰코다쳤다.

정치인들은 기업인을 깔보고, 손쉽게 다룰 수 있다고 생각

한다.

그러나 실제로 대한민국을 먹여 살리고, 사회에 기여를 하는 것은 올바른 기업인들이다.

최치우는 뭔가 결심을 한 듯 혼잣말을 읊조렸다.

"정치가 올림푸스의 발목을 잡으면… 전부 밟아버려야겠군."

지금처럼 유영조 대통령 같은 상식적인 정치인과 정당한 거래를 하면 더 바랄 게 없다.

하지만 대통령이 바뀌고, 다른 정치인들이 관행대로 올림푸스를 귀찮게 하면 최치우도 참지 않을 것이다.

그는 여의도 국회를, 그리고 청와대를 밟을 생각까지 하고 있었다.

최치우의 생각은 언제나 현실이 될 수 있다는 점에서 무섭다.

유경민은 혼자서만 책임질 수 있는 잘못을 한 게 아니라 아주 큰 실수를 한 것 같았다.

7장
신년
의례

새해가 밝아왔다.

올림푸스는 뻔한 종무식이나 시무식 행사를 열지 않는다.

직원들을 앉혀놓고, 호텔 연회장에서 세를 과시하듯 돈을 펑펑 쓰는 송년회 및 신년회도 없었다.

대신 그 예산을 연말 보너스에 녹였다.

유명 가수를 불러서 노래 몇 곡 듣고 수천만 원을 주는 것보다 직원들 보너스를 한 푼이라도 더 주는 게 훨씬 낫다.

최치우의 지론은 임동혁을 통해 실현됐다.

올림푸스의 자금을 관리하는 임동혁도 이왕 쓸 돈이라면 직원들에게 직접 전달하자는 뜻에 공감했다.

실리콘밸리의 퓨처 모터스도 마찬가지였다.

최치우는 떠들썩한 행사 대신 실리를 선택했고, 직원들의 만족감과 충성도는 알아서 높아졌다.

대망의 12월 31일과 1월 1일.

카운트다운을 하며 새해를 맞이하는 행사가 세계 곳곳에서 열린다.

최치우는 굵직한 행사에 연달아 초청을 받았다.

뉴욕 맨해튼 타임스퀘어에서 열리는 카운트다운 행사는 세계 최고의 신년 행사로 손꼽힌다.

서울에서는 보신각 타종 행사를 빼놓을 수 없다.

공교롭게도 뉴욕과 서울 모두 최치우를 초청했다.

세계적인 창업가이면서 올림픽 100m 달리기 출전이 예상되는 화제의 인물을 섭외하고 싶은 건 당연한 일이었다.

그러나 최치우는 모든 요청을 정중히 거절했다.

새해를 맞이하는 순간, 타임스퀘어나 보신각에 그가 나타나면 엄청난 환호성이 뒤따라올 것이다.

세계의, 또는 국민들의 주목을 한 몸에 받을 수 있는 기회다.

브랜드 이미지 측면에서 무조건 승낙하는 게 이익이었다.

그럼에도 불구하고 최치우는 조용히 새해를 맞이하고 싶었다.

시끄러운 음악과 흥겨운 분위기, 잔뜩 모인 군중들 머리 위로 쏟아지는 축포.

이 모든 것 대신 최치우는 어머니와 나란히 앉아 TV 중계를 보는 걸 선택했다.

오랜만에 서대문 아파트로 들러서 집밥을 먹고, 소파에서 두런두런 이야기를 나누니 이렇게 평화로울 수 없었다.

"경기는 어렵지만 그래도 새해라고 사람들이 기뻐하는 걸 보니 좋구나."

어머니가 TV 속 군중들의 모습을 보며 미소를 지었다.

최치우도 고개를 끄덕였다.

"내년은 더 좋을 거라는 기대감이, 그리고 오늘보다 내일이 나을 거라는 희망이 세상살이를 버티게 만드는 원동력이니까요."

"정말 그래야 할 텐데, 요즘 경기가 너무 안 좋아서 걱정이긴 하단다."

"김밥 집도 예전 같지 않나요?"

"우리 가게야 손님 숫자는 고만고만하지만… 예전에는 참치김밥 먹었을 사람들이 요즘은 그냥 김밥을 찾는다고 해야 할까. 사람들 살림살이가 팍팍해진 게 몸으로 느껴질 정도이니…….. 다들 얼마나 힘이 들지."

어머니의 얼굴 위로 근심이 떠올랐다.

사실 최치우가 차려준 김밥 집은 장사가 안 되어도 상관이 없다.

어머니는 평생 손 하나 까딱하지 않고, 돈을 물 쓰듯 펑펑 써도 된다.

하나뿐인 아들 최치우의 추정 자산이 10조 원 이상이다.

그렇게 따지면 김밥 집을 운영하는 것도, 서대문의 아파트에 사는 것도 넌센스다.

하지만 어머니는 건강이 허락할 때까지 성실하게 일하기를 원했고, 쓸데없이 사람을 쓰며 사치를 부릴 성격이 아니었다.

지금도 김밥 집 매출 걱정이 아니라 손님들 주머니가 얇아진 것을 걱정하고 있었다.

최치우는 새삼 신기함을 느꼈다.

그의 어머니는 가난하고 고생스러운 시절을 남 못지않게 겪었다.

그러다 아들이 세계적인 부자가 됐으면 보상 심리로 이것저것 욕심을 부릴 수도 있다.

그런데 어떻게 한결같이 따뜻한 마음을 가질 수 있을까.

보통 사람 중의 보통 사람인 어머니의 심성은 영웅으로 추앙받는 최치우에게도 미스터리였다.

'세상을 떠받치는 건 우리 어머니 같은 사람들일지도.'

사소하지만 중요한 깨달음이 찾아왔다.

역사를 보면 독보적인 전설을 쓰는 영웅들이 세상을 바꿨다.

하지만 급변하는 세상을 묵묵히 떠받치며 지키는 것은 어머니처럼 따뜻한 마음을 가진 보통 사람들이다.

그렇기에 천재라고, 영웅이라고 다른 사람들을 업신여기면 안 된다.

현대에 오기 전, 다른 차원에서 최치우는 항상 압도적인 영웅이었다.

그러나 세상을 무시했고, 보통 사람들과 어울릴 줄 몰랐다.

어쩌면 지금의 에릭 한센이나 네오메이슨처럼 혼자서 세상을 갖고 놀 수 있다고 착각했던 것이다.

그 결과 최강이 되어도, 늘 좋지 않은 끝을 맞았다.

'이번은 다를 거야. 난 달라졌어.'

최치우는 혼자가 아닌 함께 더 강해지는 법을 배워가고 있었다.

그는 올림푸스를 이끌고 최고의 자리에 오를 것이다.

하지만 세상을 짓밟는 최고가 아닌, 세상을 더 좋은 곳으로 바꾸는 최고가 되겠다고 다짐했다.

단순히 신의 경고를 전한 아바타의 미션 때문은 아니었다.

처음으로 어머니라는 존재를 만나 조건 없는 사랑을 받고, 동료들과 같이 싸우는 재미를 알았기 때문이다.

"어머니, 새해에는 더 좋은 일만 있을 거 같습니다. 올림푸스도 그렇고, 우리나라에도. 제가 그렇게 만들게요."

"그럼. 무거운 짐이지만 우리 아들이 해내야지."

어머니가 대견하다는 듯 최치우의 어깨를 두드렸다.

어느 집 아들이 대한민국에 좋은 일을 만들겠다고 말할 수 있을까.

그러나 올림푸스의 CEO 최치우가 마음을 먹으면 한국 경제를 일으키고, 수많은 일자리를 창출할 수 있다.

'올해는 세계의 중심으로 나아간다.'

최치우는 어머니와 앉은 자리에서 남모를 각오를 다졌다.

올림푸스는 이미 한국 경제의 핵심으로 자리 잡았다.

다음 목표는 당연히 전 세계다.

유명세로 따지면 올림푸스와 퓨처 모터스는 손색없는 글로벌 기업이다.

그렇지만 국제 경기에 직접 영향을 끼치는 레벨은 아니었다.

소울 스톤 발전소가 준공되고, 신형 전기차가 제주도에 풀리며 올림픽과 대선이 열리는 새해, 아니, 올해.

최치우의 목표는 작년에 이뤄놓은 성과를 지키는 데 머물지 않았다.

그는 축구계의 명장 히딩크가 남긴 말처럼 여전히 배고픈 상태였다.

10조를 넘게 벌었어도 최치우의 야망에 비하면 티끌이다.

페이스북의 CEO 주커버그는 무려 50조 원의 돈을 사회 환원하며 일약 미국과 세계를 움직이는 인물로 떠올랐다.

그에 비하면 올림푸스는 기적 같은 성장을 계속 거듭해야 한다.

물론 불과 1년, 2년 전에는 최치우와 마크 주커버그를 비교하는 것조차 우스운 일이었다.

그러나 요즘은 언론이 먼저 최치우와 주커버그, 스티브 잡스, 빌 게이츠를 동일 선상에서 비교하기 시작했다.

최치우는 어머니와 함께 맞이한 새해를 올림푸스가 세계의 중심을 차지하는 원년으로 삼겠다고 작정했다.

그의 원대한 야망은 새해에도 한계 없이 무럭무럭 자라고 있었다.

*   *   *

1월 1일이 지나가고 며칠 뒤, 최치우는 별로 반갑지 않은 연락을 두 개나 받았다.

먼저 첫 번째 연락은 김도현 교수로부터 온 것이었다.

S대에서 미래 에너지 탐사대를 총괄하는 김도현 교수는 최치우의 멘토이다.

이제껏 김 교수의 연락을 받고 기분이 나빴던 적은 한 번도 없었다.

하지만 이번만큼은 달랐다.

동해에서 얻은 운딘의 소울 스톤이 완전히 파괴됐다는 이야기를 들었기 때문이다.

최치우는 실험 결과가 나쁠 수 있다는 사실을 모르지 않았다.

오히려 망설이는 김도현 교수에게 강력히 실험을 권한 사람이 바로 최치우였다.

그렇기에 실험 결과를 두고 김도현과 미래 에너지 탐사대 연구진을 탓할 생각은 전혀 없었다.

그러나 짙은 아쉬움을 느끼는 건 당연한 일이다.

정령왕의 권능을 받아 강화된 운딘의 소울 스톤은 만만치 않은 에너지를 담고 있었다.

만약 나사(NASA) 같은 특수 기관에 판매했다면 수천억 원을 받고도 남는다.

그런데 단 한 번의 실험으로 운딘의 소울 스톤은 산산조각이 났고, 영영 사라진 것이다.

동해에서 난데없이 운딘을 만나 힘을 쏟아냈던 최치우의 노력도 물거품이 됐다.

그럼에도 속이 쓰라리지 않다면 거짓말일 수밖에 없다.

'잊어버리자. 헛수고를 한 건 아니니까.'

최치우는 아쉬움을 털어내고 긍정적인 측면을 바라봤다.

김도현 교수는 운딘의 소울 스톤으로 실험을 하며 몇 가지 단서를 얻었다.

현재로선 25% 수준인 실험 성공률을 끌어 올릴 수 있는 단서였다.

최치우는 앞으로 더 많은 소울 스톤을 확보할 계획이었다.

하지만 실험 성공률이 낮으면 효율이 떨어진다.

당장 몇 개의 소울 스톤을 못 쓰게 돼도 실험 성공률을 높일 수 있다면 장기적으로 훨씬 이득이다.

'냉정하게, 감정을 배제하고⋯ 어차피 당장 몇천억 정도가 없어도 아쉽지 않으니까. 성공률이 50%까지만 올라와도 어마어마한 기회가 열린다.'

최치우는 마인드 컨트롤을 통해 자신을 다독였고, 실의에 빠져 있는 미래 에너지 탐사대도 추슬렀다.

김도현 교수와 국내외 여러 교수들에게 위로와 격려를 보내는 걸 잊지 않았다.

그들이 주눅 들면 안 된다.

리더는 아랫사람들이 실패해도 다시 일어설 수 있게 자신감을 주는 든든한 버팀목이어야 한다.

최치우는 새해 정초부터 세계적인 석학들을 지탱하는 리더 역할을 수행한 셈이었다.

그러나 두 번째 연락은 직접 몸을 움직여 해결해야 하는 문제였다.

또 한 명의 유력한 대선 후보, 야당의 정제국이 미팅을 요청한 것이다.

최치우는 이미 여당의 유경민을 만나 불쾌한 기억만 남기고 돌아왔다.

그렇기에 정제국을 만나고픈 마음이 없었다.

하지만 마냥 피할 수 있는 요청은 아니었다.

최치우가 유경민을 만났다는 소문은 어느 정도 퍼졌을 것이다.

비공개로 미팅을 해도 소문을 완전히 막을 순 없다.

만약 유경민을 만나고 정제국을 만나주지 않으면 오해를 사기 쉽다.

최치우는 괜히 여당 유경민을 지지한다는 오해를 사고 싶지 않았다.

결국 내키지 않아도 정제국을 만나볼 수밖에 없었다.

특별한 변수가 생기지 않는다면 올해 12월 대선에서 유경민과 정제국 중 한 사람이 대통령에 당선될 것이다.

'누가 대통령이 될지 정보를 수집한다고 생각해야지. 시간이 아깝긴 하지만.'

유력 대선 후보를 만나는 게 무의미한 일은 아니다.

둘 중 한 사람이 대통령이 됐을 때, 정부가 어떤 정책을 펼칠지 남들보다 앞서 감을 잡을 수 있다.

유경민이 대통령이 된다면 권위적으로 기업들을 다스리려 할 것 같았다.

이만한 정보를 미리 갖고 있으면 선제적으로 대처하는 데 큰 도움이 된다.

정제국의 캐릭터까지 파악하면 올림푸스는 1년 뒤를 내다보게 되는 셈이다.

'그래도 기본적인 개념은 갖춘 사람이라서 다행인가.'

최치우는 정제국을 기다리며 유경민과 다른 점을 분석했다.

유경민은 성북동 자택으로 최치우를 불렀다.

반면 정제국은 약속 장소를 올림푸스에서 편한 곳으로 정하라며 위임했다.

만남을 요청하면서 최치우의 편의를 배려해 준 것이다.

사실 사회생활에서 당연한 예의지만, 거물 정치인들은 유경민처럼 자기 위주로만 생각한다.

그런데 정제국은 기본을 지켰다.

본인의 성품 탓인지, 아니면 보좌관들이 유능해서인지는 만나보면 알게 될 것 같았다.

똑똑—

그때 방문을 두드리는 소리가 들렸다.

프라이버시가 보장된 특급 호텔의 VIP 미팅룸은 은근히 아날로그적이었다.

자동 기계 대신 믿을 만한 전담 직원이 일일이 서비스를 해주는 방식이다.

곧이어 문이 열리고, TV에서 가끔 보던 정제국이 혼자 들어왔다.

큰 키와 각 잡힌 어깨, 환갑의 나이를 감추도록 깔끔하게 염색된 검은 머리.

그리고 선이 굵은 이목구비는 분명 미남형이지만 다소 차가워 보이기도 했다.

외모로는 유경민이 훨씬 온화한 사람이고, 정제국은 무섭고 딱딱한 정치인 같았다.

하지만 첫인사부터 달랐다.

"귀한 시간 내주셔서 감사합니다. 올림푸스의 최치우 대표님."

정제국은 먼저 허리를 숙이며 최치우를 추켜세웠다.

환갑을 넘긴 거물 정치인답지 않게 자신을 낮추는 데 스스럼이 없었다.

최치우도 정제국의 인사를 받고 내심 깜짝 놀랐다.

"처음 뵙겠습니다, 정 의원님."

"신년부터 최 대표님을 만났으니 올해는 운수가 대통할 것 같습니다."

대놓고 기분 좋으라고 하는 소리지만 제법 자연스러워 귀에 거슬리지 않았다.

적어도 정제국은 최치우를 어리다고, 또는 기업인이라고 내려다보지 않는 듯했다.

속내는 어떨지 몰라도 겉으로 표현하는 게 중요하다.

만난 지 10초밖에 안 지났지만, 최치우는 존중받는 느낌이 들었다.

'정제국 이 사람, 듣던 것보다 뛰어나다. 유경민이 권력에 취한 하수라면… 정제국은 칼을 숨길 줄 아는 고수로군.'

최치우는 눈을 빛내며 정제국을 다시 쳐다봤다.

정제국의 공손한 태도는 가면일 것이다.

그러나 상대를 봐가며 가면을 쓸 줄 안다는 게 무서운 점이다.

최치우는 유영조 대통령과 더할 나위 없이 좋은 관계를 맺고 있지만, 여당 잠룡인 유경민보다 야당의 정제국과 말이 통할 것 같았다.

마주 앉은 두 사람 사이로 훈풍이 불었다.

정제국은 최치우의 눈을 똑바로 쳐다보며 곧장 본론을 꺼냈다.

"도와달라는 말씀, 큰 부담인 줄 알기에 감히 드리지 않겠습니다. 하나 최 대표님께서 저의 반대편에만 서지 말아주십시오. 그리만 해주신다면 이 정제국, 반드시 대통령이 되어 올림 푸스를 물심양면으로 지원하겠습니다."

$$*\qquad*\qquad*$$

미팅은 빠르고 깔끔하게 진행됐다.

시종일관 깍듯한 태도를 보인 정제국의 요구 사항은 단순했다.

여당의 유력 대선 주자인 유경민의 편만 들지 말라는 것이었다.

그는 최치우에게 많은 것을 바라지 않았다.

단지 중립을 지켜주면 대통령이 되어 확실하게 보답하겠다고 말했다.

원래부터 대통령 선거에 적극적으로 개입할 생각이 없던 최치우는 그 자리에서 정제국의 요청을 수락했다.

"한 가지는 확실하게 약속할 수 있습니다. 제 이름이 유경민 의원과 함께 거론되는 일은 없을 겁니다."

"감사합니다. 이 사람, 약속은 반드시 지키는 걸로 여의도에 정평이 나 있습니다."

정제국은 진심을 듬뿍 담아 말했다.

예상과 달리 최치우가 흔쾌히 부탁을 들어줬기 때문이다.

그는 어디선가 잘못된 정보를 듣고 최치우를 찾아온 것 같았다.

최치우는 그것을 확인하고 싶었다.

"그런데 정 의원님, 제가 질문 하나만 드려도 되겠습니까."

"물론입니다. 무엇이든 편하게 물어보셔도 좋습니다."

"혹시 올림푸스가 대선에 개입할 거라는 소문이 떠돌고 있는 것인지 궁금합니다."

"그것이……."

정제국이 난감한 표정을 지으며 미간을 찌푸렸다.

그는 80년대 배우처럼 눈코입이 큼직해서 마치 영화의 한 장면 같았다.

최치우는 정제국을 물끄러미 쳐다보고 있었다.

사실 두 사람은 파트너가 아니다.

오늘도 그저 남의 편을 들지 않기로 약속했을 뿐이다.

정제국이 중요한 정보를 말해주지 않아도 아무런 상관이 없는 사이였다.

하지만 정제국은 금방 고민을 끝냈다.

그는 쌍꺼풀이 진한 눈을 부릅뜨고 최치우를 바라봤다.

"솔직히 얼마 전부터 여의도에 최 대표님과 관련된 소문이 돌고 있습니다."

"어떤 내용인가요?"

"올림푸스가 유영조 대통령의 주선으로 여당 후보인 유경민 의원을 돕게 됐다는 소문입니다."

최치우는 말없이 팔짱을 꼈다.

누가 그런 소문을 유포했을까.

심증을 갖는 것은 어렵지 않았다.

"여의도 정치인들이 믿을 만한 소문이군요."

"우리 캠프에서도 진위를 확인하기 위해 노력했지만, 소문이란 게 실체가 없어도 돌다 보면 알아서 생명력을 가지지 않습니까? 그래서 직접 움직이기로 결단한 것입니다."

정제국은 속내를 오픈했다.

만약 소문대로 최치우가 유경민을 돕는다면 대선은 해보나 마나다.

국민의 절대적 지지를 받는 영웅이 한쪽 편을 드는데 정제국이 무슨 수로 이길 수 있겠는가.

그렇기에 직접 미팅을 요청해 한껏 자세를 낮춘 것이다.

최치우를 중립 상태로 머물게 하는 데 정제국 캠프의 사활이 걸린 셈이었다.

"여의도가 참 무서운 동네입니다. 그런 헛소문이 떠돌고."

최치우는 자기 입으로 소문을 부정했다.

이번에는 정제국이 질문을 던졌다.

"헛소문이었습니까? 하면 유경민 의원을 만났다는 이야기도……."

"성북동에서 짧게 만난 적은 있습니다. 하지만 그때도 대선에 개입하지 않을 거라고 밝혔습니다."

최치우도 일어났던 일을 숨김없이 알려줬다.

두 사람이 각자의 조각으로 퍼즐을 맞췄다.

정제국은 옅은 미소를 지으며 고개를 끄덕였다.

"말이 어떻게 퍼졌는지 알겠습니다."

최치우도 진상을 파악하긴 마찬가지였다.

"유경민 의원 캠프에서 소문을 냈겠군요. 올림푸스가 유영조 대통령님과 우호적인 관계라는 점을 이용해 그럴듯한 소문을 퍼뜨리는 건 어렵지 않을 테니."

"원래 절반의 진실이 섞인 거짓말이 더 무서운 법입니다. 우리도 거기에 당했습니다."

유경민의 의도는 명확했다.

뜬소문이라 해도 올림푸스 최치우가 유경민을 돕는다는 말이 퍼지면 손해 볼 게 없다.

어떤 후보에게 줄을 설지 기웃거리는 사람들에게 엄청난 자극을 줄 수 있기 때문이다.

소문을 들었다면 대부분 최치우가 돕는다는 유경민과 같은 배를 타기로 마음을 굳힐 것이다.

나중에 가서 소문이 거짓으로 밝혀져도 타격은 크지 않다.

유경민이 자기 입으로 소문을 퍼뜨린 게 아니라서 책임을 질 필요도 없다.

한번 대세가 기울어지면 그걸로 끝이다.

최치우와 유경민은 성북동에서 굉장히 불쾌한 상황을 겪었다.

그럼에도 불구하고 유경민 캠프는 최치우를 이용해 유리한 구도를 만들려고 헛소문을 퍼뜨렸다.

유경민에 대한 최치우의 불신은 더더욱 커질 수밖에 없었다.

"헛소문은 유경민 의원에게 자승자박이 될 겁니다. 덕분에 오늘 정 의원님과 만나서 진솔한 이야기를 나누지 않았습니까."

"듣던 대로 호쾌하십니다. 저도 최 대표님 말씀처럼 좋게 생각하겠습니다."

최치우는 잠시 말을 멈추고 유경민의 얼굴을 떠올렸다.

그는 무척 선한 인상을 가졌지만, 실제로는 다른 사람을 내려다보는 거만한 성격의 소유자였다.

올림푸스의 CEO 최치우를 상대로도 그렇게 권위적인 자세를 보인다면 대체 다른 사람들에겐 얼마나 심할까.

'생각할수록 괘씸하다.'

최치우는 인내심의 한계를 느꼈다.

건방진 유경민에게 내상을 입혔고, 똑똑히 알아들을 경고를 남겼다.

그런데 유경민 캠프는 근신하지 않았고, 오히려 최치우를 소문의 대상으로 삼았다.

"정제국 의원님."

최치우의 목소리가 달려졌다.

한층 낮게 깔린 음성에는 위험한 기운이 서려 있었다.

정제국도 심상치 않은 분위기를 눈치채고 자세를 고쳐 앉았다.

"저는 어느 후보의 캠프에도 이름을 올리지 않을 겁니다. 따라서 정 의원님을 도울 수 없습니다."

최치우가 이미 했던 말을 반복했다.

정제국은 의아함을 느꼈지만 잠자코 기다렸다.

곧이어 흘러나온 최치우의 본심은 야당의 잠룡인 정제국을 흥분시키기 충분했다.

"하지만… 유경민 의원이 대통령이 되는 일은 막아야겠습니다. 그런 나라의 국민으로 살고 싶은 마음이 없기 때문입니다."

"그 말씀은……."

"다시 말하지만 정 의원님을 돕는다는 뜻은 아닙니다. 우리의 약속은 서로 중립을 지키는 것, 그 정도로 하죠."

"최 대표님의 깊은 뜻, 잘 헤아리겠습니다."

확실히 정제국은 계산이 빠른 사람이었다.

쓸데없이 더 큰 욕심을 내며 최치우의 이름을 팔아먹지 않을 것이다.

그런 수작을 부리다가 유경민이 최치우를 적으로 돌렸다는 사실을 눈앞에서 봤기 때문이다.

"바쁘실 텐데 이만 일어나시는 게 어떨까요."

"오늘 아주 즐겁고 인상적인 만남이었습니다. 감사합니다."

"저도 말이 통하는 분을 만나 즐거웠습니다."

"다음에는 대통령이 되어서… 말이 아닌 행동으로 감사를 표시하겠습니다."

정제국이 의미심장한 이야기를 남기고 먼저 나갔다.

최치우는 두 명의 유력 후보를 만나고 노선을 정했다.

특정인을 돕는 데 올림푸스의 힘을 쓰지 않는다.

다만 유경민은 파멸시킨다.

그게 그거 아니냐고 할 수 있지만, 엄연히 다른 사안이다.

"유 의원, 당신이 자초한 일이야."

홀로 남은 방 안에서 최치우의 음성이 맴돌았다.

신년 벽두부터 정국에 커다란 격랑이 몰아칠 것 같았다.

*　　　　*　　　　*

"조금 놀랐어요. 최 대표가 먼저 보자는 이야기를 다 하고."

유영조 대통령이 차를 우려내며 말했다.

최치우는 청와대 안가에서 대통령과 단둘이 마주 보고 앉아 있었다.

대통령은 늘 그렇듯 경호원과 수행비서도 물리고 최치우를 맞이했다.

청와대 비서실장이나 수석들도 대통령과 완전한 독대를 하기 힘들다.

그러나 최치우는 손가락 안에 꼽히는 특별 대상이었다.

"새해 인사를 드리고 싶었습니다."

최치우가 대통령이 건네준 찻잔을 받으며 대답했다.

평소 같으면 두 사람은 안뜰로 나갔을 것이다.

하지만 1월의 날씨가 매섭고, 대통령의 건강을 지키기 위해 오늘은 실내에서 담소를 나누고 있었다.

"나보다 더 바쁜 최 대표가 인사만 하러 청와대까지 온 것은 아니겠지요?"

유영조 대통령이 미소를 지으며 물었다.

인자하고 온화한 모습이지만, 그는 결코 만만한 인물이 아니다.

어설프게 앞뒤가 다른 유경민 같은 정치인과는 비교할 수 없는 레벨이다.

최치우는 유영조 대통령을 존중하기에 솔직한 심중을 털어놓았다.

"먼저 죄송하다는 말씀을 드려야 할 것 같습니다, 대통령님."

"우리 당의 유 의원을 만났다고 하던데……. 최 대표 성격이면 사달이 날 거라 생각했어요."

"알고 계셨습니까?"

"만났다는 이야기만 들었지요. 내가 아는 유 의원과 최 대표를 떠올렸을 때, 두 사람이 손을 잡는 그림은 좀처럼 연상되지 않아서 추측을 해보았습니다."

유영조 대통령의 통찰력은 남달랐다.

그는 최치우와 유경민이 어울리지 못할 거란 사실을 정확히 예측하고 있었다.

달그락—

최치우는 찻잔을 내려놓았다.

그는 짧게 숨을 들이마시고 대통령을 똑바로 쳐다봤다.

쉽게 하기 어려운 이야기를 꺼낼 수밖에 없는 순간이었다.

"대통령님, 계파를 떠나서 여당 후보가 당선되고, 정권을 재

창출하는 게 얼마나 중요한 일인지 잘 알고 있습니다. 야당 후보가 당선되면 대통령님의 안위에도 영향을 끼칠 수 있겠죠. 그러나… 저는 유경민 의원이 우리나라 대통령이 되도록 두고 볼 수 없습니다."

최치우가 아니면 그 누구도 현직 대통령에게 할 수 없는 말이었다.

대놓고 정권 교체를 언급한 셈이기 때문이다.

현재 정치 구도를 보면 여당 후보가 교체될 가능성은 극히 낮다.

유경민의 낙선은 곧 야당 후보의 당선, 정권 교체를 뜻한다.

"최 대표는 정제국 의원을 돕기로 결정한 것인가요?"

"아닙니다. 결과적으로 정 의원이 반사이익을 누릴 수 있지만, 그를 돕는 게 아니라 유경민 의원을 막겠다고 결심한 것입니다."

"허허허, 이거 참……. 최 대표와 유 의원이 만났다는 말을 듣고 불안하긴 했지만 이 정도일 줄이야. 그러게 좀 잘하지, 유경민 그 사람."

유영조 대통령이 진심으로 안타까운 듯 혀를 찼다.

최치우는 가만히 앉아 있었다.

그는 방금 전 대통령에게 대못을 박은 셈이다.

그동안 좋은 관계를 유지했기에 유영조 대통령은 더더욱 짙은 아쉬움을 느낄 것이다.

대통령이 받은 심리적 충격이 완화될 때까지 기다려 주는 게 최선이다.

후루룩—

유영조 대통령은 목이 마르는지 뜨거운 차를 단숨에 마셨다.

늘 평정심을 유지하는 대통령이 당황한 모습을 보여주는 건 흔치 않은 일이다.

그만큼 최치우의 결단이 몰고 올 여파가 어마어마하기 때문이었다.

"이미 결심이 섰다면 어쩔 수 없지요. 내가 어떻게 최 대표의 마음을 돌리겠어요."

"죄송합니다."

"아쉽지만 최 대표가 마음을 먹은 나름의 이유가 있겠지요."

유영조 대통령은 현실을 있는 그대로 받아들였다.

개인적 친분을 내세워 부탁하지 않았고, 대통령의 권위를 앞세우지도 않았다.

현명한 선택이었다.

어떤 방법으로도 최치우를 움직일 수 없다.

이제 와서 소울 스톤 발전소 건립을 중단시킬 수 없고, 세무조사 등으로 올림푸스를 괴롭혀 봤자 최치우를 적으로 돌리게 된다.

차라리 일찍 알게 돼 다행이었다.

정권 교체를 기정사실로 받아들이고 남은 1년 동안 행보를 조정할 수 있기 때문이다.

유영조 대통령은 빈 잔에 차를 따르며 최치우를 쳐다봤다.

25살의 청년이 대한민국 대통령 선거에 막대한 영향을 끼치는 킹 메이커로 성장했다.

과거 유영조 대통령이 직접 훈장을 수여했던 바로 그 대학생이지만, 이제는 대통령보다 더 큰 존재가 됐다.

"어쩌면 우리가 청와대 안에서 만나는 건 오늘이 마지막일 수도 있겠습니다."

"그럴 것 같습니다."

"선거를 떠나 노파심에 당부하고픈 말이 있어요, 최 대표."

"네."

"최 대표가 가진 커다란 힘… 부디 사려 깊게 판단하여 좋은 곳에 써주도록 노력해 주세요. 그렇다면야 내가 물러나고 누가 대통령이 되어도 걱정이 없겠습니다. 대통령 한 사람이 나라를 이끄는 사회는 지나갔고, 최 대표처럼 자수성가한 젊은이들이 세계에서 대한민국을 알리는 시대이니까 말이지요."

유영조 대통령의 진심이 전해졌다.

최치우가 여당 후보인 유경민을 떨어뜨리겠다는 충격 선언을 했음에도 대통령은 얼른 감정을 수습했다.

그러고는 한국의 미래를 이끌어갈 최치우에게 기성세대로서 부탁을 남긴 것이다.

최치우는 고개를 끄덕이며 화답했다.

"청년들이 자랑스럽게 여길 수 있는 나라를 만드는 데 일조하겠습니다."

머리 아픈 정무적 판단은 끝났다.

당장 내일부터 유경민은 보이지 않는 손의 방해를 받게 될
것이다.

최치우는 일선으로 돌아가 올림푸스와 퓨처 모터스를 키우
며 세상을 바꾸면 된다.

정치인들이 죽었다 깨어나도 할 수 없는 일을 최치우는 해
낼 수 있다.

그렇기에 결국 그 어떤 정치인보다 더 강력한 힘을 발휘하게
되는 셈이다.

정치라는 낯선 영역에서 교통정리를 끝낸 최치우는 칼을 빼
들었다.

그가 휘두를 칼날은 대한민국의 판도를 바꾸게 될 것 같았
다.

유영조 대통령의 속마음처럼, 최치우는 이미 대통령을 넘어
선 존재로 역사를 다시 쓰는 중이었다.

8장
피도 눈물도 없이

　복수라는 단어는 어느덧 현대사회에서 거의 쓰이지 않는 말이 됐다.

　아침 드라마에서나 헤어진 연인들이 복수를 언급할 뿐, 이제는 복수를 테마로 한 영화도 거의 만들어지지 않는다.

　사회가 발전하고, 개인주의가 만연하면서 복수라는 행위는 촌스러운 것으로 여겨졌다.

　하지만 여전히 복수는 우리 사회를 관통하는 키워드 중 하나다.

　대놓고 드러나지 않을 뿐, 사람들은 크고 작은 복수에 매일 노출돼 있다.

　얄미운 직장 상사의 커피에 침을 뱉는 것도 복수의 일환이다.

최치우는 현대에서 환생해 몇 번의 복수를 성공시켰다.

자신을 빵셔틀로 부려먹던 일진들을 완전히 박살 냈고, 헤라 클래스를 건드린 아프리카 반군 레드 엑스를 소탕했다.

레드 엑스를 사주한 에릭 한센의 여동생을 감방에 넣기도 했다.

어떻게 보면 최치우는 복수의 화신 같았다.

그나마 현대에서는 많이 성숙해진 편이다.

무력이 지배하는 다른 차원에서 최치우의 복수는 화끈하고 잔인했었다.

후환을 남기지 않기 위해 바로 목을 따버리는 게 최고의 복수라고 믿었다.

물론 현대에서 같은 원칙을 고수할 수는 없다.

이곳은 재력이 지배하는 세상이다.

그렇기에 무력이 아닌 재력으로 상대를 찍어 눌러야 진정한 복수가 완성된다.

복수 전문가인 최치우는 자신만의 원칙을 갖고 있었다.

"가장 원하는 걸 뺏는 게 최고의 복수지."

그의 입에서 흘러나온 혼잣말이 서늘하게 들렸다.

올림푸스 대표실로 출근한 최치우는 책상에 두 다리를 올리고 있었다.

자유분방한 자세로 어떻게 복수를 할지 고민하는 것이다.

"권력과 명예의 노예라면… 모두의 멸시를 받게 해야지. 유경민을 본보기로 삼아 어떤 정치인도 내게 덤빌 수 없도록."

최치우는 유경민을 파멸시키겠다고 결정했다.

야당의 대선 후보인 정제국과 현직 대통령인 유영조도 이 사실을 알고 있었다.

그렇기에 유경민이 몰락하면 최치우가 손을 썼다는 사실은 알음알음 퍼져 나갈 것이다.

한국의 역사를 살펴보면 2000년대 초반까지 늘 정치권력이 시장을 압도했었다.

그러나 밀레니엄 이후 시장의 힘이 점점 커지고, 급기야 전직 대통령 중 한 명이 권력은 시장에게 넘어갔다는 선언을 할 정도로 상황이 변했다.

하지만 실상은 달랐다.

여전히 재벌 대기업 총수들을 비롯해 전도유망한 창업자들도 정부의 권력 앞에서 벌벌 떤다.

세무조사 한 번이면 기업이 쑥대밭이 될 수도 있다.

그만큼 떳떳하지 못하게 회사를 운영하는 사람들의 잘못도 있다.

그럼에도 불구하고 한국 정부와 정치인들의 권력이 과도하게 크다는 사실은 누구도 부정하지 못한다.

최치우는 한국 역사에서 최초로 권력을 이기는 기업인이 되고자 했다.

정치인들의 눈치를 보면서는 절대 세계적인 경쟁에서 실력을 발휘할 수 없다.

강력한 대선 후보인 유경민은 본보기로 삼기에 최적의 상대였다.

유경민은 하필이면 최치우라는 괴물을 잘못 건드려 모든 것을 잃게 생겼다.

"세무조사가 들어와도… 우린 버틸 수 있어."

올림푸스의 경영은 투명하기로 유명하다.

최치우의 엄격한 지시 때문에 임동혁도 원칙을 고수하고 있었다.

한영그룹이나 오성그룹 같은 재벌 대기업의 재무회계는 지저분하기로 악명이 높다.

그러나 올림푸스는 지배 구조부터 세금 납부 내역까지 꿇릴 게 없었다.

오너인 최치우가 수백억, 수천억 원의 이익에 크게 집착하지 않기 때문이다.

최치우는 세계 최고가 되기 위한 싸움을 하고 있다.

그 과정에서 수천억 원은 푼돈일 뿐이었다.

군이 편법으로 그만한 돈을 만들지 않아도 회사를 세계 최고로 키우면 주식이 몇 배는 뛰어오른다.

스케일이 다른 야망이 올림푸스를 깨끗하게 만든 원동력이었다.

"임 이사님, 잠깐 내 방으로 와주세요. 백승수 팀장님도 같이."

최치우가 임동혁과 백승수를 호출했다.

여의도 본사에 상주하는 최측근을 모두 부른 것이다.

새로 뽑은 직원들이 늘어나며 팀장급도 많이 보충됐다.

하지만 올림푸스를 움직이는 실세는 임동혁과 백승수다.

여기에 남아공의 이시환과 리키, S대의 김도현 교수, 그리고 퓨처 모터스의 브라이언이 모이면 올림푸스의 앞날이 결정된다고 봐도 과언이 아니었다.

똑똑―

"부르셨습니까, 대표님."

백승수가 노크를 하고 문을 열었다.

한참 윗 기수인 대학원생 안경 선배였던 백승수는 올림푸스의 안살림을 책임지는 든든한 일꾼이 됐다.

팀장을 비롯해 대다수의 직원들은 임동혁을 어려워한다.

그는 최치우에게 매번 구박을 받지만, 보통 사람들이 절대 쉽게 생각할 수 없는 인물이다.

한영그룹의 후계자라는 배경도 유별나고, 올림푸스의 유일한 이사이자 CFO라는 직위도 장벽이 된다.

그렇기에 백승수가 임동혁을 대신하여 직원들의 고충을 전달하는 역할을 맡았다.

고위급 회의의 참석자 중에서 현장과 실무를 제일 잘 아는 사람이 바로 백승수였다.

특유의 서글서글하고 무난한 성격으로 직원들 사이에서 신망도 높았다.

처음 백승수를 스카우트할 때는 낙하산이나 마찬가지였지만, 지금은 없어서는 안 될 중역으로 성장했다.

최치우는 새삼스러운 고마움을 느끼며 자리에서 일어났다.

"여기 앉아요. 오늘 급하게 결정할 일이 있어서. 그런데 임 이사님은?"

"전자담배 하나만 태우고 오신다고……."

백승수가 곤란한 표정으로 목소리를 낮췄다.

최치우는 피식 웃으며 고개를 내저었다.

"하여튼 사람 참 안 변한다니까."

두 사람은 임동혁을 기다리며 소파에 앉았다.

임동혁 덕분에 둘은 회의에 앞서 이런저런 이야기를 할 수 있었다.

사실 회사가 커지고, 최치우가 바빠지면서 개인적인 대화를 나눌 시간이 거의 없었다.

"결혼할 사람이 생겼다고요?"

"가을쯤 하려고……."

백승수가 부끄러운 듯 얼굴을 붉혔다.

오랜만에 대학 선후배로 돌아가 백승수의 근황을 들은 최치우는 깜짝 놀랐다.

"하긴, 선배는 결혼할 나이가 되긴 했지만. 준비 잘해요. 필요한 거 있음 언제든 말하고."

"호, 혹시 치우 네가 축사를 해줄 수 있으면……."

백승수가 초조한 표정으로 부탁을 했다.

최치우는 그의 회사 대표인 동시에 세계적으로 유명한 스타 CEO다.

그래서 축사를 부탁하기 부담스러운 눈치였다.

하지만 최치우는 당연하다는 듯 크게 웃었다.

"하하, 선배. 축사가 무슨 대수라고. 사회도 봐줄 수 있는데. 뭐든 말만 해요."

"고맙다! 진짜 고마워!"

백승수는 감격한 듯 저도 모르게 목소리를 높였다.

아무리 사적인 관계가 있지만, 최치우 정도의 유명인은 선뜻 결혼식 같은 행사에 나서주기 어렵다.

그러나 최치우는 고민도 하지 않았다.

그때 마침 임동혁이 대표실 문을 열고 들어왔다.

"뭐가 그렇게 고맙다는 것입니까?"

늦게 왔으면서 미안한 기색은 하나도 없었다.

최치우가 임동혁을 볼 때마다 구박하는 것도 당연한 조치였다.

"궁금하면 일찍 다닙시다. 몸에 안 좋은 담배는 좀 끊고."

"전자담배는 타르를 제거해서 괜찮습니다."

"누가 들으면 건강에 좋은 줄 알겠습니다."

"……"

할 말이 없어진 임동혁이 뚱한 표정으로 자리에 앉았다.

최치우는 곧장 본격적인 회의를 시작했다.

"결론부터 말하죠. 여당의 유경민 의원, 대통령이 못 되게 막을 겁니다."

"네?"

보통 사람은 감당하기 힘든 엄청난 이야기였다.

백승수가 화들짝 놀라 눈을 크게 떴다.

한껏 커진 동공이 안경알을 가득 채울 것 같았다.

"말 그대로 유 의원의 당선을 막고, 정치적으로 완전히 몰락시킬 겁니다. 그렇다고 정제국 의원을 돕는 건 아니니 오해가 없도록 주의해 주세요."

"청와대와 조율은 됐습니까?"

확실히 큰 그림을 보는 눈은 임동혁이 백승수보다 몇 수 위였다.

그는 곧바로 청와대를 언급했다.

올림푸스가 정부의 협조를 받아 진행하는 굵직한 사업이 많기 때문이다.

"대통령님을 만나고 왔습니다. 내 의사를 전달했고, 교통정리를 끝냈습니다."

"알겠습니다. 그럼 뭐부터 하면 좋겠습니까?"

임동혁은 가타부타 토를 달지 않았다.

최치우가 결정을 내리고, 이미 대통령까지 만나 통보한 내용이다.

뒤늦게 판단이 바뀔 가능성은 눈꼽만큼도 없다.

이왕 유경민을 칠 거라면, 가능한 빠르고 확실하게 밟아야 뒤탈이 적을 것이다.

대기업의 후계자답게 임동혁은 정치인을 마냥 두려워하지 않았다.

어쩌면 대선 후보를 몰락시킬 기회가 주어져 기뻐하는 것 같기도 했다.

"지금 유경민 캠프에서 내가 자기들을 돕는다는 소문을 퍼뜨리고 있습니다. 우선 올림푸스는 유경민 의원과 완전히 갈라섰다고 재계에 말을 돌려주세요."

"그건 제 전공입니다."

임동혁은 재계의 마당발이다.

어릴 때부터 재벌 2세, 3세들과 어울리며 쌓은 네트워크는 돈으로 살 수 없다.

다른 기업들은 최치우의 행보를 유심히 지켜보고 있다.

그가 유경민을 지원한다는 소문이 돌면 나머지 기업들도 줄을 설지 모른다.

유경민 캠프는 그런 이점을 노리고 헛소문을 퍼뜨린 것이다.

임동혁을 통해 소문을 바로잡고, 반대로 최치우가 유경민을 싫어한다는 사실이 알려지면 분위기는 싸늘해질 게 분명하다.

어차피 재계 1위인 오성그룹은 여당과 야당에 모두 줄을 대는 게 전통이다.

그렇다면 시가총액 기준 재계 2위에 오른 올림푸스의 선택이 더욱 중요해진다.

유경민을 지원하려던 기업들도 최치우 때문에 망설이게 될 확률이 높다.

경이적인 성공 신화를 쓰고 있는 올림푸스의 선택이라면 뭔가 특별한 이유가 있을 거라고 생각할 것이다.

하지만 이것만으로는 부족하다.

최치우는 적극적인 조치도 병행할 작정이었다.

"지금 유경민 캠프에 자금을 지원하고 있는 기업들 리스트 알아보세요."

"리스트가 나오면……."

"임 이사님이 접촉해서 내 뜻을 알리면 충분할 겁니다. 유경민 캠프를 돕는 기업은 앞으로 올림푸스와 어떤 사업도 같이하기 힘들 거라고."

"너무 극단적으로 갈라서는 것은 아닙니까? 만에 하나라도 유 의원이 당선되면 돌이키기 힘들 것 같습니다."

임동혁의 우려를 드러냈다.

특정 후보를 밀더라도 선을 넘지 않는 게 재계의 관례다.

오성그룹처럼 유력 후보를 공평하게 지원해 주는 기업도 있다.

혹시 모를 뒷일을 걱정하기 때문이다.

그런데 최치우는 유경민과 불구대천의 원수처럼 방향타를 틀었다.

절대 상식적인 선택은 아니었다.

"싸울 거면 상대가 두 번 다시 덤비지 못하게, 내 얼굴만 봐도 오줌을 지리게 만들어야 합니다. 어설픈 각오로 정치인들과 싸울 거라면 시작도 안 하는 게 낫죠."

"그렇다면… 확실하게 처리하겠습니다."

임동혁은 비로소 최치우의 의사를 100% 알아들었다.

인정사정 볼 것 없이 유경민을 짓밟고, 여의도 정치계에 올림푸스를 불가침 영역으로 각인시킨다.

한 번 싸움을 시작한 최치우는 멈추지 않는다.

그는 아프리카에서 레드 엑스를 아예 몰살시켰던 때를 떠올렸다.

실제로 유경민의 목숨을 빼앗진 않겠지만, 레드 엑스 섬멸전과 비슷한 마음이었다.

"검찰도 움직입시다."

"검찰은 어떻게… 아직 살아 있는 권력인 대통령 눈치를 보고 여당 후보를 털지는 못할 것 같습니다."

백승수가 용기 있게 자기 생각을 밝혔다.

일리 있는 의견이었다.

그러나 최치우는 몇 수 앞을 더 내다보고 있었다.

"우리나라 검찰은 두 가지로 움직일 수 있습니다. 권력, 그리고 돈이죠. 권력은 시시각각 변하기 때문에 믿을 수 없습니다. 하지만 돈은 변하지 않죠."

"그럼 누구에게 돈을……."

"직접 주라는 말이 아닙니다. 대검 중수부 쪽 빠릿빠릿한 실무형 검사들, 그리고 검사장 이상 고위직들 현안 파악하고 간접 지원 약속하면 알아서 움직일 겁니다."

최치우의 지시는 시원시원 막힘이 없었다.

그에게 있어 패권을 놓고 벌이는 아슬아슬한 줄다리기는 어려운 일이 아니었다.

형태는 달라도 예전 차원에서 수도 없이 경험해 봤다.

특히 아슬란 대륙에서 왕실 마법사로 살았던 기억이 큰 도움이 됐다.

왕실의 정치적 암투를 현대에 대입하면 어떻게 움직여야 할지 답이 딱 나온다.

"우리가 미끼를 던지면 덥석 물 겁니다. 검찰총장은 유영조 대통령 퇴임 후 노후를 보장받고 싶겠죠."

"그래서 지금 유 의원과 정 의원 사이에서 열심히 눈알을 굴리고 있지 않겠습니까?"

"유경민과 정제국 사이에서 눈치 보지 말고, 나를 선택하라고 하죠. 그게 백 번 나을 테니까."

최치우의 과감성에 임동혁도 혀를 내둘렀다.

그는 재계에서 간이 배 밖으로 나왔다는 평가를 듣지만, 최치우의 담력을 따라가려면 한참 멀었다.

"백 팀장과 함께 실수 없이 조치를 취하겠습니다."

"좋습니다, 그리고."

유경민을 탈탈 터는 것으로 최치우의 지시가 끝난 게 아니었다.

소파에서 일어서려던 임동혁과 백승수가 다시 자세를 고쳤다.

"현기 자동차도 대가를 치를 때가 됐습니다."

"현기까지……."

현기 자동차는 올림푸스가 퓨처 모터스를 인수하자 위기감을 느꼈다.

전기차 기술 경쟁에서 뒤처지는 것은 물론, 텃밭인 국내 내수 시장 지분을 뺏길 처지가 됐기 때문이다.

그들은 끈질긴 로비로 국회의원을 움직여 최치우를 귀찮게 했다.

제주도에 퓨처 모터스의 전기차가 풀리면 방해 공작은 훨씬 심해질 것이다.

그 전에 싹을 밟고 서열을 확인시켜 줄 필요가 있었다.

"기어오르는 걸 그냥 놔두면 자기들을 겁낸다고 착각합니다. 이참에 유경민과 세트로 정리합시다."

유력한 여당의 대선 후보와 대한민국 넘버2로 손꼽히는 대기업도 최치우에겐 장애물일 뿐이다.

최치우는 걸리적거리는 장애물을 모조리 치우고 직접 탄탄대로 레드카펫을 깔 계획이었다.

임동혁과 백승수는 닭살이 돋는 걸 느끼며 침을 꿀꺽 삼켰다.

최치우를 적으로 돌린 모든 사람들에게 애도를 표하고 싶었다.

                    *   *   *

올림푸스가 움직이기 시작했다.

수면 위로 드러난 것은 없었다.

진짜 중요한 일은 기자들이 모르게 진행된다.

막강한 취재원을 보유한 베테랑 기자도 진실을 알게 되는 건 일이 팔부능선을 넘은 다음이다.

그때 뒤늦게 기사를 써도 특종이라고 칭찬을 받는다.

아주 가끔, 실제로 진행되고 있는 비밀스러운 일을 기자들이 알게 되는 경우도 있다.

그래도 섣불리 기사를 쓰지 못한다.

뒤따라올 후폭풍을 일개 기자 한 사람이 감당할 수 없기 때문이다.

최치우가 유경민과 선을 그었다, 정제국을 밀기로 결정했다는 등 온갖 소문이 재계와 정계를 떠돌고 있었다.

하지만 정확한 실체를 파악하고 기사를 쓸 수 있는 기자는 아무도 없었다.

재계 사람들도 워낙 중요한 사안인 만큼 입조심을 단단히 했다.

달그락—

최치우가 커피 잔을 내려놓았다.

현대에 환생해서 가장 좋은 것 중 하나는 커피였다.

다른 차원에서는 맛보지 못했던 환상의 음료.

생생한 원두를 갈아 한 모금 마시면 새로운 세계를 경험하는 기분이 든다.

마침 맞은편에 앉은 사람도 커피를 다 마신 것 같았다.

이제 뜨뜻미지근한 인사 대신 화끈한 본론을 꺼낼 타이밍이

된 것이다.

"총장님, 결정은 내리셨습니까."

최치우는 상대를 총장이라 불렀다.

총장이라는 직함은 아무나 쓰지 않는다.

대학교 총장이나 대규모 단체의 사무총장쯤은 되어야 총장이라고 불릴 수 있다.

그러나 한국에서 가장 위세 높은 총장 자리는 따로 있다.

바로 검찰총장이다.

UN 사무총장이 와도 한국에서는 검찰총장을 이길 수 없다.

검찰 권력의 최고 정점이 검찰총장이기 때문이다.

정권의 성공 여부는 검찰을 어떻게 길들이느냐에 따라 달라진다.

검찰이 대놓고 항명하면 정권은 곧장 힘을 잃고 표류할 수밖에 없다.

보통 검찰은 임명권을 가진 대통령 눈치를 많이 보는 편이다.

하지만 정권은 5년마다 바뀌어도 검찰은 영원하다는 말을 내부에서 공공연하게 하고 다닌다.

그만큼 검찰의 위세는 상상을 초월할 정도로 강력하다.

최치우 앞에서 식은땀을 흘리고 있는 문종인 검찰총장은 하늘을 나는 새도 떨어뜨릴 수 있다.

그럼에도 불구하고 어딘지 불안한 모습이었다.

최치우로부터 파격적인 제안을 받았고, 이 자리에서 결정을 내려야 되기 때문이다.

"조금만 더 시간을……."

"총장님. 벌써 1월이 다 지나가고 있습니다."

최치우의 말투는 단호했다.

검찰총장을 상대로 겁먹지 않고 자기 할 말을 다 하는 사람이 몇 명이나 될까.

아마 열 명도 채 안 될 것이다.

협상의 키는 최치우가 잡고 있었다.

그는 다시 한번 문종인 총장의 상황을 환기시켰다.

"이대로 대통령이 바뀌면 총장님은 어디서도 부름을 받지 못합니다. 마냥 은퇴하고 물러나기에는 너무 정정하십니다."

최치우가 정곡을 찔렀다.

한번 높은 자리에 올라간 사람들의 권력욕은 끝이 없다.

특히 문종인처럼 검찰총장으로 대통령 못지않은 위세를 누렸던 사람은 더 심하다.

그만큼 해먹었으면 조용히 은퇴해서 편하게 살면 된다.

그러나 문종인 같은 사람들은 뒷방 늙은이로 전락하는 걸 견디지 못한다.

최치우는 문종인의 근원적인 욕망을 건드리고 있었다.

"이미 거대해진 유경민 캠프에 총장님 자리가 있겠습니까?"

"그거야… 정제국 의원을 도와도 마찬가지인 상황 아니오."

"맞습니다. 그러니 저를 도와달라는 말씀입니다."

문종인 총장의 눈동자가 흔들리고 있었다.

이제까지 최치우와 문종인은 한 다리 건너 의사소통을 해왔다.

올림푸스에서는 임동혁이 나섰고, 검찰에서는 문종인의 심복인 검사장이 나섰다.

두 사람 모두 최치우와 문종인의 뜻을 충실히 대변했다.

하지만 직접 만나 대화를 나누는 것을 따라갈 수는 없다.

"유 의원이 당선되어도, 또는 정 의원이 당선되어도 총장님은 아무런 걱정을 하실 필요가 없습니다. 다른 사람이 아닌 제가 총장님을 국회의원으로 만들겠습니다."

"하나 이게… 유경민 의원을 파내면 대통령님의 은혜를 저버리는 일이라……. 최 대표도 잘 알지 않소?"

문종인을 총장에 임명한 사람은 다름 아닌 유영조 대통령이다.

그렇기에 같은 여당 후보인 유경민을 치는 게 쉬울 리 없다.

그러나 최치우는 냉정했다.

포커페이스를 유지하며 차가운 목소리로 말했다.

"아시다시피 저도 대통령님과 우호적인 관계입니다. 하지만 가만히 앉아서 1년 뒤에 닥칠 재앙을 기다릴 수는 없습니다."

최치우는 재앙이란 단어를 썼다.

유경민이 당선되면 재앙이 펼쳐진다는 뜻이다.

문종인 총장 역시 동의하는 눈치였다.

대외적 이미지와 달리 정치권에서는 유경민의 실체를 잘 알고 있다.

만약 유경민이 대통령이 되면 끔찍한 권위주의 정치가 열릴 게 뻔했다.

"최 대표는 뉴스로 보던 것보다 훨씬 냉정하신 것 같소."

"착하고 무능한 사람보다는, 무섭고 유능한 사람이 낫지 않습니까. 일단 힘을 가져야 좋은 일도 마음 편히 할 수 있고."

"역시… 난 사람은 뭐가 달라도 다르오."

검찰의 정점까지 올라간 백전노장 문종인은 최치우를 바라보며 감탄을 금치 못했다.

문종인은 어느 정도 결정을 내린 것 같았다.

최치우는 그의 망설임을 제거하기 위해 쐐기를 박았다.

"다시 말씀을 드리지만, 유경민과 정제국 중 한 명을 선택하는 일이 아닙니다. 바로 저, 올림푸스의 최치우를 선택하는 일입니다. 제가 나서면 총장님을 국회의원, 아니, 서울 시장인들 못 만들겠습니까?"

25살 청년이 검찰총장 앞에서 할 수 있는 말이 아니다.

그러나 분명한 진실이었다.

올림푸스의 국민적 인기와 영향력이라면 서울 시장이 대수일까.

최치우가 작정하고 지지 연설을 해주면 무명의 후보도 순식간에 서울 시장이 될 수 있다.

게다가 최치우는 문종인이 출마를 희망하는 지역구에 대규모 건설 사업 투자를 약속했다.

문종인의 경력과 검찰 내부 조직, 그리고 최치우의 힘이 합쳐지면 두려워할 게 없다.

설령 실컷 공격한 유경민이 대선에서 이겨도 문제가 없을 것 같았다.

"좋소. 늘그막에 마지막 승부수를 한번 던져보겠소."

"후회하지 않으실 겁니다."

"최 대표만 믿겠소."

"저도 총장님만, 아니, 우리 검찰만 믿겠습니다."

최치우는 우리 검찰이라는 말을 사용했다.

검찰총장 개인이 아닌, 검찰 조직 전체를 품게 됐다고 은연중 강조한 것이다.

목표를 정하고 돌진하는 최치우는 냉혈한이 따로 없었다.

이제 검찰이 유경민을 노리고 움직일 것이다.

유경민 캠프에서는 꿈에서도 상상 못 할 일이다.

대선을 앞두고 검찰이 여당 후보를 공격하는 일은 한국 역사에서 전례를 찾아보기 힘들다.

최치우는 없는 길을 만들면서 뚜벅뚜벅 걸어가고 있었다.

검찰은 유경민뿐 아니라 현기 자동차의 정관계 로비 의혹까지 정조준할 것이다.

싸움은 이미 시작됐다.

누군가 피를 흘릴 일만 남은 것 같았다.

*　　　　*　　　　*

―속보입니다. 현기 자동차 홍문기 부회장이 오늘 오전 참고인 자격으로 검찰 조사를 받았습니다. 검찰은 특별 수사팀을 꾸리고, 증거를 정리하는 즉시 홍 부회장에게 구속영장을 청구한다는 방침입니다. 현장에 나가 있는 김선형 기자의 이야기를 들어보겠습니다.

80인치가 넘는 초대형 TV 화면이 가득 찼다.

잔뜩 굳은 얼굴의 홍문기가 스쳐 지나갔고, 현장 기자가 구체적인 혐의점을 나열하고 있었다.

뉴스를 전하는 앵커들도 평소보다 흥분한 목소리였다.

홍문기는 현기 자동차의 후계자다.

몇 년 전부터 회장 대신 경영 전반을 책임지기 시작했다.

그룹 차원의 상속 작업도 한창 진행되고 있었다.

그런데 만약 구속이라도 당하면, 그리고 유죄 판결로 징역을 살게 되면 문제가 심각해진다.

현기 자동차의 후계 구도가 불안정해지면서 홍문기의 동생들이 이빨을 드러낼 수 있다.

안 그래도 해외 시장 실적이 어려운 상황에서 현기의 앞날이 불투명해지는 셈이다.

세계 5위, 국내 부동의 1위 자동차 회사가 느닷없는 위기를 맞이한 것 같았다.

"그러게 평소에 좀 잘하지."

최치우는 커피를 마시며 뉴스를 시청했다.

요즘 그는 세계 곳곳의 좋은 원두를 구입해 직접 내려 마시는 재미에 푹 빠져 있었다.

손님에게 차를 달여주는 유영조 대통령의 영향을 받은 것인지도 모른다.

"향이 좋군."

지금 마시는 커피는 샌프란시스코에서 시작해 전 세계를 강타한 블루보틀의 시그니처 원두로 만들었다.

최치우는 무심코 블루보틀의 기업 가치가 궁금해졌다.

첫 번째 소울 스톤 발전소가 무사히 준공되면, 또 퓨처 모터스의 전기차가 제주도에 쫙 풀리면 블루보틀을 통째로 인수해도 된다.

이게 바로 기업을 경영하는 재미, 세상을 움직이는 재미다.

상상을 현실로 만드는 재미에 빠지면 도박이나 여자는 시시해질 수밖에 없다.

"그건 그렇고, 횡령과 배임은 기본에 해외 불법 도박 혐의까지…… 참 골고루 털렸군. 멍청한 놈."

최치우는 홍문기의 얼굴을 떠올렸다.

홍문기는 감히 다른 사람도 아닌 최치우 앞에서 한껏 시건방을 떨다가 죽기 직전까지 두드려 맞고 개박살이 났다.

그때부터 그릇이 작은 인물이란 건 알고 있었다.

한국을 대표하는 자동차 회사를 물려받기엔 덩치만 큰 소인배였다.

그런데 사달이 터졌다.

사실 횡령과 배임 혐의는 검찰에서 예전부터 증거를 갖고 있었을 것이다.

대검 중수부 캐비닛에는 기업인과 정치인들의 비리 목록이 비밀스레 보관돼 있다.

검찰이 위기에 몰리면 하나씩 리스트를 꺼내 협상을 시도한다는 건 너무 유명한 이야기다.

하지만 해외 불법 도박은 다르다.

검찰이 재벌 2세의 사생활까지 미리 수사하지는 않는다.

잘못하면 사찰 의혹 등 골치 아픈 논란에 휘말릴 수 있기 때문이다.

문종인 검찰총장의 지시로 새롭게 수사를 하는 과정에서 홍문기의 다양한 행적이 탈탈 털린 것 같다.

홍문기가 어떤 인간인지 경험한 최치우는 그리 놀랍지 않았다.

현기라는 간판의 위세만 믿고 자기관리를 등한시했을 게 뻔하다.

사고가 터지면 검찰과 미리 접촉해서 거래를 하는 게 재벌가의 관행이다.

행실을 똑바로 못한 홍문기의 잘못이 절반, 검찰이 작정하고 수사할 것을 눈치채지 못한 현기 자동차 법무팀의 잘못이 절반이다.

반반의 잘못이 모여 홍문기는 쇠고랑을 차게 생겼다.

돌아가는 상황을 보니 구속 수사는 피하기 힘들 것이다.

설령 집행유예 판결을 받는다고 해도 구속영장이 발부되면 상당 기간 유치장 신세를 져야 한다.

그동안 현기의 후계자 경쟁은 다시 심화되고, 경영을 책임질 사람의 신뢰도는 바닥으로 떨어진다.

당연히 주가도 하락할 수밖에 없다.

홍문기와 현기는 아주 큰 대가를 치르게 됐다. 이제 와서 뒤늦게 검찰과 협상을 하려 해도 쉽지 않을 것이다.

검찰총장 문종인은 최치우가 내민 손을 잡았다.

최치우의 인기와 명성은 대체 불가능이다.

현기에서 어떤 조건을 제시해도 문종인이 마음을 바꿀 확률은 낮다.

"남은 건 유경민인가. 서서히 숨이 막히고 있겠지."

검찰의 수사망은 유경민을 목표로 점점 좁아질 것이다.

애초에 최치우와 문종인은 유경민을 메인 타깃으로 거래를 맺었다.

현기 자동차의 홍문기는 애피타이저나 디저트다.

식탁을 풍성하게 만들어줄 스테이크는 유경민 하나뿐이다.

우웅— 우웅—

그때 최치우의 폰이 울렸다.

최치우는 식탁 위에 놓인 폰을 가지러 움직이지 않았다.

예전이 비해 많이 익숙해진 7서클 마법, 플래시를 쓰면 된다.

"플래시—!"

캐스팅과 동시에 폰이 손안으로 들어왔다.

무려 7서클 마법을 고작 전화받는 데 쓴 것이다.

그러나 이렇게 연습을 해둬야 결정적인 순간 실수 없이 마법을 펼칠 수 있다.

짧은 거리지만 자신과 사물을 순간 이동 시킬 수 있는 플래시는 언젠가 결정적인 신의 한 수로 쓰일 것 같았다.

"전화받았습니다."

―대표님, 약속을 잡았습니다.

"그래요?"

―안 그래도 예전부터 대표님을 만나고 싶었답니다. 립 서비스를 하는 성격은 아닌데, 진심인 것 같습니다.

임동혁의 음성이 평소보다 다소 높았다.

그가 최치우를 대신해 약속을 잡은 사람의 무게감 때문이다. 어쩌면 대통령이나 검찰총장보다 더 만나기 어려운 사람일지도 모른다.

시가총액 350조 원, 대한민국을 대표하는 부동의 1등 기업, 그리고 세계 최고의 반도체, 스마트폰, 디스플레이 생산자.

오성그룹의 후계자인 이지용 부회장이 드디어 최치우와 만나게 됐다.

몇 년 전 이지용 부회장은 임동혁을 통해 올림푸스 주식을 사고 싶다는 의사를 밝힌 적이 있었다.

겨우 그 이야기만 듣고도 임동혁은 한동안 우쭐했었다.

남부럽지 않은 재벌 2세인 임동혁조차 레벨이 다른 존재로 생각하는 인물이 이지용 부회장이기 때문이다.

최치우는 미소를 지으며 약속 시간과 장소를 곱씹었다.

한국을, 아니, 아시아를 대표하는 공룡 오성그룹도 언젠가는 반드시 뛰어넘을 상대다.

하지만 지금은 오성의 힘을 이용할 타이밍이다.

올림푸스는 규모 면에서 오성을 따라가려면 한참 멀었다. 그러나 국내에서 오성을 위협할 수 있는 유일한 기업으로 평가받는다.

올림푸스와 퓨처 모터스의 시가총액을 합쳐도 오성그룹의 10% 수준이다. 최치우는 그 간극을 올해 안에 엄청나게 줄일 계획이었다.

"오성을 움직여서 유경민의 목줄을 끊고, 우리가 현기 자동차를 밟을 때 개입하지 못하게 묶어놓으면 된다. 대신 이지용 부회장이 원하는 걸 적당히 들어주고. 무조건 남는 장사를 해야지."

최치우의 머릿속에는 시나리오가 전부 그려져 있었다.

오성그룹의 이지용도 최치우에게는 장기판의 말일 뿐이다.

새해가 밝아오며 본격적으로 대한민국과 세계를 집어삼키려는 최치우의 행보에 불이 붙었다.

최치우가 일으킨 불길이 어디까지 번질지, 누구도 예측할 수 없을 것 같았다.

9장

다윗과 골리앗

비즈니스의 본질은 무엇일까.

한마디로 요약하면 만남이다.

사람과 사람이 만나서 이야기를 나누는 게 비즈니스의 전부라 해도 과언이 아니었다.

제품을 팔고, 경험을 파는 것도 마찬가지다.

결국 사람들을 낯선 세상, 또는 타인과 잘 만나게 도와주는 제품이 히트를 한다.

비즈니스 레벨이 올라갈수록 만나는 사람들도 달라진다.

그렇기에 최치우는 비즈니스를 다른 말로 바꾸면 만남이라고 정의했다.

그는 이제까지 만난 적 없는 새로운 인물을 만나기 직전이었다.

오성그룹의 이지용 부회장.

그는 단순히 후계자가 아니다.

이미 실질적인 상속 절차를 매듭지었고, 병상에 누워 있는 선대 회장 대신 그룹을 지휘한 지 벌써 3년이 넘었다.

현기 자동차의 홍문기와 비교해도 그룹 내 위상이 다르다.

홍문기가 구속되면 현기의 후계 구도는 진흙탕에 빠진다.

그러나 만약 이지용이 구속되어도 오성의 상속 싸움이 다시 열릴 가능성은 매우 낮다.

오히려 그룹이 하나로 똘똘 뭉쳐 이지용을 빼내기 위해 고군분투할 것 같았다.

시총 350조 원이 넘는 한반도의 공룡 오성그룹은 이미 이지용의 회사가 된 것이나 다름없었다.

이제껏 최치우가 만나본 사람들 중에서 재계에 끼치는 영향력은 이지용이 제일 높을지 모른다.

에릭 한센도 만만치 않은 부자지만, 이지용에게는 한 수 접어줄 수밖에 없다.

개인 금융 자산은 어쩌면 에릭이 더 많을 수도 있다.

하지만 회사의 규모와 영향력으로는 이지용에게 범접하기 힘들다.

그래서일까.

최치우는 기대감을 감추지 못했다.

대통령을 처음 안가에서 따로 만날 때보다 더 설레는 기분이 들었다.

보통 사람이라면 이지용 이름 세 글자에 위축됐을 것이다.

엄청난 긴장감을 느끼며 숨이 가빠져도 이상하지 않다.

그러나 최치우는 반대였다.

마치 소개팅을 나가는 대학생처럼 기분이 좋았다.

우선 이지용이 최치우와 1 : 1로 은밀히 만나는 걸 받아들였기 때문이다.

올림푸스는 오성그룹의 오너도 무시할 수 없는 위치까지 성장했다.

국내외에서 오성의 대항마로 올림푸스를 꼽는 게 괜한 이야기가 아니었다.

시총 규모는 퓨처 모터스를 합쳐도 10배가량 차이가 나지만, 전 세계 소비자들에게 인식되는 브랜드 이미지와 혁신성은 오성을 위협하고도 남는다.

그렇기에 대통령보다 더 만나기 어렵다는 이지용 부회장도 시간을 낼 수밖에 없는 것이다.

최치우는 이번 기회에 이지용의 그릇을 가늠해 보고 싶었다.

현기의 홍문기는 기대 이하의 쓰레기였고, 최치우에게 흠씬 두들겨 맞은 다음 검찰 수사까지 받고 있다.

후계자의 모자란 역량 때문에 현기의 몰락은 기정사실인 것 같았다.

과연 오성그룹의 후계자, 이제는 실질적 오너가 된 이지용의 그릇은 어떨까.

홍문기처럼 실망감을 안겨줄까, 아니면 특별한 인상을 받게 될까.

최치우는 이지용을 만나면 오성그룹의 미래를 점칠 수 있을 것 같았다.

그는 7번의 환생을 경험하며 무려 8개의 다른 차원에서 수많은 사람들을 겪어봤다.

사람 보는 눈이 타의 추종을 불허하는 게 당연하다.

이지용과 마주 앉아 30분만 대화를 나누면 그의 뼛속까지 알 수 있을 것이다.

'당장은 아니지만, 가장 큰 라이벌이 될 테니까.'

최치우는 한쪽 다리를 꼬면서 미소를 지었다.

지금 올림푸스는 국내에서 유력 정치인 유경민, 그리고 굴지의 자동차 회사 현기와 싸우고 있다.

물론 세계로 눈을 돌리면 네오메이슨이라는 실체를 파악하기 힘든 강적이 버티고 서 있다.

하지만 여러 차례 자잘한 공방전과 퓨처 모터스 인수 이후 네오메이슨은 잠잠해졌다.

수면 아래에서 무슨 일을 꾸미는지 몰라도 당장은 부딪칠 일이 없다.

그렇기에 유경민과 현기 자동차가 최치우의 단기 목표였다.

그다음은 아마 오성그룹과 치열한 혈전을 벌여야 될 것이다.

사업 분야가 다르지만, 국내 시장의 패권을 놓고 언젠가는 일대일를 펼칠 수밖에 없는 상대다.

이지용도 오늘 미팅을 단순한 만남으로 생각하지 않을 게 분명하다.

서로의 현재와 미래를 가늠할 수 있는 아주 중요한 기회다.

지이이잉— 철컥!

현관에서 문이 열리는 소리가 들렸다.

최치우는 강남과 코엑스가 한눈에 내려다보이는 특급 호텔 최상위층 스위트룸에 먼저 도착해 있었다.

1박에 천만 원이 넘는 스위트룸을 빌려 보안을 유지하고 편하게 만나는 게 우리나라 재벌들의 스타일 같았다.

임동혁도 광화문의 특급 호텔 스위트룸을 개인 집무실처럼 사용하는 편이었다.

저벅저벅.

발자국 소리가 이어졌다.

워낙 넓은 방, 아니, 아파트 몇 채를 합쳐놓은 크기의 스위트룸이기에 복도가 길다.

'왔군.'

최치우는 몸을 돌렸다.

복도 너머에서 회색 정장을 입은 남자가 걸어오는 게 보였다.

깔끔하지만 절제된 스타일의 옷과 헤어스타일, 새하얀 피부, 유행이 지났지만 한결같이 고수하는 무테안경까지.

뉴스에서 종종 보던 이지용 부회장이 눈앞에 서 있었다.

"드디어 이렇게 만나네요."

이지용의 목소리가 울렸다.

그는 40대 중후반의 나이가 무색한 동안으로 유명하다.

외모뿐 아니라 목소리도 나이에 비해 상당히 어리게 들렸다.

"최치우입니다."

최치우도 인사를 했다.

사실 두 사람 다 자기소개가 필요 없는 유명인이다.

이지용은 악수를 청하는 대신 손을 뻗어 거실의 소파를 가리켰다.

자연스레 마주 앉은 둘은 말을 아꼈다.

알려진 것처럼 이지용 부회장은 말이 많은 성격이 아니었다.

최치우도 섣불리 입을 열지 않았다.

중요한 안건은 임동혁을 통해 전달된 상황이다.

이지용이 어떻게 생각하는지 대답을 듣고, 그에 맞춰 반응하면 된다.

"모든 유력 후보를 지원하는 게 오성의 전통이지요."

한동안 침묵을 지키던 이지용은 곧장 본론을 꺼냈다.

생긴 것과 다르게 단도직입을 좋아하는 듯했다.

최치우는 그를 물끄러미 쳐다봤다.

세간에서 이지용은 유약한 후계자라는 평가를 받았었다.

하지만 그룹 내부의 신뢰도는 아주 높은 것으로 알려져 있다.

그의 실체가 무엇인지 감을 잡아야 한다.

이지용이라는 인간의 그릇을 파악할 수 있다면, 그것만으로도 엄청난 소득을 올리는 셈이다.

"아버지였다면 전통을 지켰겠지요. 아마 신생 기업의 CEO와 따로 만나는 일도 없었을 듯싶네요. 세상이 떠드는 혁신이나 이미지보다 철저하게 숫자, 주식과 매출에만 관심이 있으셨으니."

어디서도 듣기 힘든 이야기가 나왔다.

이지용이 병상에 누워 있는 오성그룹의 회장에 대해 말했다.

아들이 아버지를 평가하는 것이니 누구보다 정확할 수밖에 없다.

"회장님이 그렇다면, 부회장님은 어떻습니까. 당장의 숫자가 전부라고 생각하십니까?"

"나도 예전에는 아버지와 같은 생각이었지요. 평생 그분의 그림자를 보고 자랐는데."

오성의 회장은 자식 교육을 엄하게 시킨 것으로 유명하다.

장남으로 태어나 유치원생부터 경영 수업을 받은 이지용은 항상 아버지의 위명에 가려져 있었다.

그러나 회장이 병상에 눕고, 당당하게 오너 자리를 승계받으며 이지용은 달라졌다.

아버지의 충신들, 노회한 가신들을 일거에 은퇴시켰고 젊은 사장들을 발탁해 그룹을 장악했다.

무분별한 투자 대신 배당을 늘려 주가를 높이는 데 부쩍 신경 쓰는 것도 변화된 모습이었다.

과거의 오성은 주가를 무시하는 그룹이었다.

제품을 잘 만들어서 많이 팔면 주식은 알아서 오른다는 게 선대 회장의 철학이기 때문이다.

하지만 이지용의 오성은 달라졌다.

"매출이 턱없이 적은, 심지어 한 번도 흑자를 낸 적 없는 회사의 시가총액이 100조 원을 넘는 세상이 와버렸지요. 그런데 아직도 아버지처럼 당장의 숫자에만 집중한다면… 오성이라는 성은 와르르 무너지고 말 겁니다. 신기루처럼."

최치우는 속으로 놀라움을 금치 못했다.

이지용은 세계시장의 핵심을 꿰뚫고 있었다.

겉보기엔 유약한 오너일지 몰라도 아버지에 비해 훨씬 세련되게 업그레이드된 경영인이다.

'보통이 아니군. 오성… 만만하지 않겠어.'

최치우는 오성그룹을 전면 재평가할 수밖에 없었다.

이지용 부회장의 총기가 살아 있는 한, 쉽게 쓰러뜨릴 수 있는 공룡이 아니다.

이용할 수 있을 만큼 최대한 이용하는 게 나을 것 같았다.

"부회장님의 시각에 동의합니다. 개발되지도 않은 신약 하나로 주식 가치가 50조 넘게 오르는 세상입니다. 과거에는 미래 기술이라고 하면 5년 뒤 실현 가능한 것이었습니다. 하지만 요즘 말하는 미래 기술은 20년, 50년, 100년 뒤를 바라보고 있습니다. 그래도 사람들은 열광하고, 시장은 아낌없이 돈줄을 풉니다. 미래에 투자하지 않는 회사는 신기루처럼 사라지게 될 겁니다."

최치우의 말은 화살처럼 이지용의 심장을 꿰뚫었다.

오성이라는 거대한 그룹을 움직이는 이지용은 매일 수백, 수천 번의 고민을 거듭한다.

그런데 최치우는 몇 마디 말로 이지용의 고민을 해결해 줬다.

평소에 이지용과 대화를 나누며 상의를 하는 사이도 아닌데 말이다.

최치우가 말한 해답은 간단했다.

현재 매출이 감소하더라도, 불투명하고 위험해 보여도 무조건 미래에 투자해야 된다는 사실이다.

오성그룹의 작년 영업이익이 60조를 넘겨도 주식은 크게 오르지 않았다.

이유는 명확하다.

지금은 엄청나게 돈을 벌지만, 미래에도 오성이 돈을 잘 벌지 확신할 수 없기 때문이다.

시장의 투자자들은 언제나 내일 돈을 벌 회사를 찾아다닌다.

그래야만 주식이 오르고, 투자 이익이 계속 발생하기 때문이다.

오성그룹은 누구도 부정할 수 없는 현시대의 최강자다.

그러나 10년 뒤에도, 혹은 20년 뒤에도 최강의 자리를 지키고 있을지 의문이었다.

반면 올림푸스는 아직 루키에 불과하다.

하지만 10년 뒤 세계를 주도할 기업으로 평가받는다.

올림푸스와 퓨처 모터스가 40조 원의 시가총액을 이룩하는데 걸린 시간은 불과 2년 남짓이다.

1년 뒤에는 100조를 넘고, 3년 뒤에는 오성그룹을 추월할 수도 있다.

직원 숫자와 회사 자본금, 매출 따위는 뒷전이다.

빠르게 변화하는 현대 자본주의의 흐름을 읽지 못하면 도태될 수밖에 없다.

최치우와 이지용은 처음 만나서 겨우 3분 동안 대화를 주고받았다.

무척 짧은 시간이지만 서로를 인정하기엔 충분했다.

무림의 고수는 검을 뽑는 자세만 보고도 상대의 무공을 짐작할 수 있다.

최치우는 이지용의 깊이 있는 시각을 인정하게 됐다.

이지용은 더 놀랐을 것이다.

그는 오성그룹이 직면한 고민을 선지자처럼 먼저 타파하고 있는 장본인이 최치우란 사실을 확실하게 인지했다.

"최 대표님, 시간 끄는 것 싫어하지요?"

이지용이 다시 말문을 열었다.

최치우는 가볍게 웃으며 고개를 끄덕였다.

"말 돌리는 걸 제일 싫어합니다."

"우리 오성이 전통을 깨고 특정 후보에 대한 지원을 철회한다면… 올림푸스는 무엇을 해줄 수 있습니까?"

최치우와 이지용은 거래를 하기 위해 만났다.

우선 서로가 거래를 할 만한 상대인지 판단하는 게 중요했다.

다행히 둘 다 상대를 높이 평가하며 1차 관문을 넘었다.

이제 2차 관문이다.

조건이 맞지 않으면 거래를 틀 수 없다.

이지용은 유경민에 대한 지원을 접을 수 있다고 시사했다.

오성그룹이 등을 돌리면 유경민은 궁지에 몰린다.

몸을 사리고 있는 대검 중수부의 현직 검사들도 이때다 싶어 더욱 집요하게 유경민을 물어뜯을 것이다.

그야말로 외통수였다.

이지용 부회장은 생각보다 전향적인 자세로 협상에 임하고 있었다.

그만큼 오성그룹의 미래에 대해 고민하며 막막함을 깊이 느꼈다는 뜻이다.

최치우는 무테안경 너머 이지용의 눈동자를 쳐다보며 말했다.

"오성그룹이 유경민 의원에게 등을 돌리면, 올림푸스는 그 대가로 힌트를 주겠습니다."

"힌트요?"

이지용이 눈살을 찌푸렸다.

그 역시 감정을 잘 드러내지 않는 스타일이다.

하지만 최치우의 말이 너무 황당했기 때문이다.

그럼에도 최치우는 아랑곳하지 않았다.

당당하게 어깨를 펴고 말을 계속했다.

"오성은 골리앗입니다. 거대하고 강력하지만, 민첩하고 재빠르지 못하죠. 우리는 다윗입니다. 골리앗보다 작지만, 누구보다 변화에 빠르게 대처하고 있습니다."

"듣기 좋은 비유는 아닙니다."

결국 골리앗은 다윗의 돌팔매에 맞고 쓰러진다.

이지용이 불쾌함을 느끼는 것도 당연했다.

그러나 약간의 도발은 협상을 성사시키는 조미료다.

최치우는 계산된 멘트로 이지용의 감정을 자극하고 있었다.

"다윗이 훗날 골리앗을 쓰러뜨리기 위해 준비했던 돌팔매, 그중 하나를 주겠습니다. 올림푸스가 뛰어들려고 준비하던 신사업이 뭔지 궁금하지 않습니까?"

"전통을 무시하고 대선 판도를 바꾸는 대가로⋯ 최 대표님의 말 한마디가 전부라는 것입니까?"

"아깝다고 느껴진다면 강요하지 않겠습니다. 이만 일어나시죠."

누가 봐도 미친 거래다.

그렇지만 최치우는 뚝심 있게 밀어붙였다.

상식적으로 아쉬운 쪽은 유경민을 떨어뜨리는데 올인한 올림푸스다.

하지만 최치우의 생각은 달랐다.

오성그룹의 이지용 부회장이 훨씬 아쉬운 상황이라 생각했다.

실질적 오너가 된 그는 아버지의 그림자를 지워야만 한다.

눈앞의 대선보다 미래 먹거리 개발로 인정을 받는 게 중요할 것이다.

"이 거래……."

뭔가 분한 듯 주먹을 꽉 쥔 이지용 부회장이 최치우를 노려봤다.

최치우는 여유롭게 미소를 지으며 이지용의 시선을 담담히 받아줬다.

"하지요, 이 거래."

결국 이지용이 먼저 백기를 들었다.

미쳐도 단단히 미친 거래지만, 천외천의 세계는 상식으로 돌아가지 않는다.

일시적으로 다윗과 골리앗이 손을 잡았다.

어마어마한 파장이 최치우로부터 퍼져 나가고 있었다.

＊　　　　＊　　　　＊

무림에는 호사가(好事家)라고 불리는 사람들이 적지 않았다.

그들은 강호를 유랑하며 온갖 소문을 전해 듣고, 객잔을 떠돌아다니며 이야기를 팔아 돈을 벌었다.

호북성 무당파에서 일어난 사건이 금방 섬서성 화산파에 퍼지는 것은 호사가들 때문이었다.

아주 비밀스러운 이야기를 아는 호사가들은 구대문파나 오대세가의 식객 대접을 받기도 했다.

최치우는 마치 무림의 호사가로 변신한 기분이 들었다.

그는 이지용 부회장과의 미팅 이야기를 천천히 하고 있었다.

그런데 임동혁과 백승수는 때로 손뼉을 치고, 때로는 탄성을 토하며 이야기에 무섭게 집중했다.

청중은 두 명밖에 없지만 호사가들의 마음을 알 것 같았다.

현대로 치면 개그맨들도 이런 맛에 취해 공개 코미디를 포기하지 못하는 것 아닐까.

"그래서 이지용 부회장에게 무엇을 알려줬습니까?"

"저도, 저도 궁금합니다. 어떤 신사업을 말씀하셨는지……."

최치우가 숨을 고르는 사이, 두 사람은 참지 못하고 다음 이야기를 재촉했다.

커피로 목을 축인 최치우는 피식 웃음을 터뜨렸다.

"그게 그렇게 궁금한가 보군요."

"당연한 거 아닙니까. 말 한마디로 오성그룹을 움직이게 만드는 일인데, 안 궁금하면 비정상입니다."

"이사님은 비정상 아니었습니까?"

"아니, 그게……."

예기치 못한 곳에서 한 방 먹은 임동혁이 떨떠름한 표정을 지었다.

최치우는 한 번 더 소리 내 웃고 다음 이야기를 해줬다.

"하하, 사실 별거 아닙니다. 오성코인을 만들라고 했습니다."

"오성코인이요?"

백승수가 고개를 갸우뚱거렸다.

그는 오성코인이 무엇을 뜻하는지 이해하지 못한 눈치였다.

그러나 임동혁은 달랐다.

망나니처럼 보이지만 임동혁은 세계의 최신 트렌드를 공부하는 데 시간을 쏟고 있다.

최치우를 만나고 제대로 각성하며 완전히 달라졌다.

성질머리는 그대로지만, 실력은 일취월장 업그레이드된 것이다.

"비트코인 같은 가상화폐를 말하는 것 아닙니까."

"역시 빠르네요. 이사님 플러스 1점."

최치우가 장난스레 말하며 고개를 끄덕였다.

그러자 백승수가 반론을 펼쳤다.

팀장이 대표에게 자유롭게 의견을 말할 수 있는 문화가 올림푸스의 저력이다.

"가상화폐 열풍이 지금보다 더 뜨거워질까요? 오성그룹도 충분히 검토를 했을 텐데……."

"버블이 아니냐는 말이죠."

"네, 맞습니다."

"비트코인과 리플을 비롯한 가상화폐 가치가 큰 폭으로 오르내렸죠. 멍청한 정부 당국에서는 규제를 하니 마니 난리를 치고 있고. 이지용 부회장도 똑같은 이야기를 하더군요. 지금 뛰어들기에는 너무 늦은 것 아니냐, 그리고 오성이 가상화폐를 개발하면 기업 이미지가 나빠질 것 같다."

임동혁과 백승수가 동시에 고개를 끄덕거렸다.

이지용 부회장의 지적이 타당하다고 판단했기 때문이다.

하지만 최치우가 얌전히 물러섰을 리 없다.

결과적으로 그는 이지용을 납득시켰고, 오성그룹이 전통을 깨고 유경민을 포기하게 만들었다.

"버블은 모두가 의심하지 않을 때 터집니다. 이게 버블이 아닐까, 의심하는 구간은… 진짜 버블이 시작도 안 됐을 때입니다."

최치우의 통찰력이 임동혁, 백승수를 서늘하게 만들었다.

비트코인 가치가 폭등하며 언론과 정부는 물론이고, 평범한 사람들도 버블을 언급한다.

그러나 역사적으로 버블은 모두 성공에 취해 의심조차 하지 않을 때 터졌다.

최치우는 버블의 역설을 정확히 간파했다.

"지금은 가상화폐 버블의 극초기일 겁니다. 미약한 버블의 맛을 보고, 다들 의심하는 상태. 여기서 조만간 대기업과 몇몇 국가들이 블록체인 기술에 대대적인 투자를 시작하겠죠. 그때부터 가상화폐 가치는 천정부지로 치솟을 겁니다. 그리고 감히 누구도 버블이란 말을 꺼내지 못할 때, 그때가 바로 진짜 버블이 터지기 직전의 상태겠죠. 아직 멀어도 한참 멀었습니다."

틈틈이 가상화폐에 대한 공부를 해온 임동혁은 반론을 덧붙

이지 못했다.

블록체인 기술에 대한 이해도는 최치우보다 임동혁이 높을지 모른다.

그러나 사회현상과 인간의 심리를 꿰뚫는 통찰력에서는 게임이 안 된다.

최치우는 두 사람을 꿀 먹은 벙어리로 만들며 말을 계속했다.

"이지용 부회장의 두 번째 질문, 오성이 가상화폐를 만들면 이미지가 나빠지지 않겠냐는 물음은 그야말로 식상했습니다. 우리나라 정부에서는 규제를 가하려 들겠죠. 그러나 대세에 영향을 끼치지 못합니다. 중국 같은 사회주의 국가를 제외하면 세계 어디서도 가상화폐를 전면 금지 시킬 수는 없습니다. 일본과 독일은 가상화폐 결제 시스템을 국가에서 승인했고, 미국은 선물 시장의 거래 품목으로 인정했습니다. 그런데 우리만 시대 흐름을 역행할 수 있을까요?"

"하지만······."

그때 백승수가 할 말이 생각난 것 같았다.

최치우는 백승수의 눈을 바라봤다.

편하게 의견을 낼 수 있도록 여유를 줘야 한다.

이런 식으로 단련이 되면 백승수도 언젠가 올림푸스를 대표하는 얼굴로 나설 수 있을 것이다.

최치우의 눈빛에 담긴 격려를 알아차렸을까.

백승수가 심호흡을 마치고 생각을 밝혔다.

"하지만 오성그룹은 대한민국을 대표하는 기업입니다. 가상화폐를 비판하는 여론도 만만치 않은데, 브랜드 이미지 손상이 우려될 것 같습니다."

"뜨거운 이슈가 되겠죠. 이미지는 손상을 입을 수도 있습니다. 그리고 아직은 버블이 아니라 했지만, 언젠가 버블이 터지면 모든 게 원점 이하로 돌아올 수 있고."

"그런데 어떻게……."

"우리가 오성그룹의 미래까지 책임질 필요는 없습니다. 이지용 부회장도 그런 걸 원하지 않고. 문제는 당장의 기업 가치입니다. 오성의 시가총액은 350조 원이죠. 그러나 JP모건이 390조, 존슨 엔 존슨이 400조가 넘습니다. 오성이 그들보다 못한 게 없는데도 불구하고."

이야기가 비즈니스 전반에 대한 이해로 깊어지고 있었다.

최치우는 경제학 전공자도 아니고, 대학 학부를 마치지도 않았다.

그렇지만 실물경제에 대한 이해도는 세계적인 석학보다 높았다.

직접 시장에 뛰어들어 경쟁하는 플레이어이기 때문이다.

"결국 기업 가치에 비해 시가총액이 낮은 것이 이지용 부회장의 최대 고민입니다. 얼마 전, 다 쓰러져 가는 카메라 회사 코닥이 가상화폐 제작을 발표하자 주식이 무려 12% 올랐습니다. 만약 오성이 가상화폐 시장에 뛰어든다면 어떻게 될까요? 이미지 손상과 비난 여론을 덮고도 남을 주식 상승 효과를 누릴 겁니다. 특히 오성그룹은 자체 스마트폰을 이용한 오성페이 등 결제 시스템을 갖추고 있습니다. 다른 회사에 비해 가상화폐 연동성이 높을 수밖에 없죠."

"오성페이 결제를 현금이 아니라 오성그룹이 개발하는 가상화폐로도 가능하게 만들면… 와아!"

백승수가 저도 모르게 감탄사를 터뜨렸다.

간단하지만 아무나 할 수 없는 발상의 전환이 세상을 바꾸는 법이다.

최치우는 이지용 부회장에게 어마어마한 힌트를 준 셈이었다.

"오성그룹이 보증하는 가상화폐. 그 가치는 리플이나 이더리움, 비트코인을 추월할 수도 있습니다."

진지하게 경청하던 임동혁의 표정이 심각해졌다.

말 한마디로 오성그룹을 움직였다고 생각했는데, 막상 최치우가 알려준 비밀이 너무 탐스러웠기 때문이다.

"대표님, 그럼 우리도 가상화폐를 개발해야 되는 거 아닙니까? 올림푸스가 보증하는 가상화폐도 인기가 많을 것 같습니다. 오성에게 너무 좋은 기회를 열어준 것은 아닌지 걱정됩니다. 어차피 언젠가는 경쟁을 하게 될 상대입니다."

"우리와는 어울리지 않아요. 자체 결제 시스템을 갖춘 회사가 들어가기에 적당한 아이템입니다."

"그래도……."

"배 아파할 필요 없습니다. 덕분에 오성의 주가가 뛰겠지만,

내가 말한 것처럼 당장이 아닐 뿐 언젠가는 터질 버블이니까."

최치우는 자신 있게 보증했다.

이지용 부회장이 조언을 받아들여 가상화폐 개발을 시작한다면 주식이 뛰어오를 것이다.

하지만 블록체인의 본질적 가치에 연구비를 쏟아붓지 않는 이상, 넘치고 넘쳐 언젠가는 터질 버블이다.

"우리는 가상화폐에 눈독 들일 필요가 없습니다. 소울 스톤 발전소와 전기차 출시만으로 시가총액 100조를 뚫을 겁니다."

100조.

최치우의 말을 들으면 누구든 가슴이 뛸 수밖에 없다.

1년 사이 주식을 3배 가까이 올리겠다는 선언이지만, 현실성이 느껴졌다.

이제껏 최치우가 입 밖으로 내뱉어서 실현이 안 된 일이 없기 때문이다.

"그럼 오성은 언제부터 움직이기로 했습니까?"

"유경민 캠프에 대해 지원을 끊는 건 1주일 안에 정리될 겁니다. 소식이 전해지면 대검 중수부의 검찰들이 미친개처럼 달려들겠죠. 오성에게 버려진 대선 후보를 지켜줄 이유가 없으니."

"유경민 의원⋯ 가장 유력한 차기 대통령 후보였는데 하루아침에⋯⋯."

"그러니까 평소에 잘하고 살아야죠. 사람 보는 눈도 길러야 하고."

최치우는 일말의 동정심도 품지 않았다.

밟을 때는 두 번 다시 새싹이 자라지 못하도록 확실하게 초토화시켜야 한다.

어설프게 인정을 남겨두면 후환을 감당하기 어렵다.

그는 개인이 아닌 올림푸스 차원에서 유경민과 현기 자동차를 짓밟기로 결정했다.

뒤돌아보지 않고, 끝까지 간다.

다윗과 골리앗, 올림푸스와 오성그룹이 손을 잡았으니 브레이크는 없다.

폭풍이 몰아칠 시간이 임박했다.

*   *   *

―충격적인 뉴스입니다. 검찰이 오늘 유경민 의원실을 압수 수색했습니다. 여당의 유력 대선 후보로 점쳐지던 유경민 의원이 기업들로부터 불법 선거자금을 수수했다는 혐의점이 발견됐기 때문입니다. 유경민 의원은 보좌관의 일탈이라고 밝힌 채 연락이 두절된 상태입니다.

9시 뉴스에서는 한동안 유경민 의원의 뇌물 이야기만 주구장창 반복했다.

시청률이 잘 나올 수밖에 없는 뉴스였다.

가장 유력한 대선 후보가 뇌물 혐의로 수사를 받게 생겼다.

법원이 압수 수색 영장을 발부해 줬다는 것은 혐의 입증 가능성이 높다는 뜻이다.

홍문기 부회장에 이어 유경민 의원까지, 재계와 정계를 주름 잡는 거물들이 연초부터 줄줄이 서초동 검찰 신세를 지게 됐다.

국민들은 저놈들 그럴 줄 알았다며 혀를 찼다.

하지만 정계와 재계는 충격에 빠질 수밖에 없었다.

대선을 1년도 안 남긴 시점에 유경민 의원이 검찰 타깃이 될 거라고 누가 예상했겠는가.

홍문기 부회장도 마찬가지였다.

대선 시즌 직전 검찰들은 함부로 거물을 건드리지 않는다.

주요 기업의 경우 대선 후보와 직간접적 커넥션으로 연결돼 있다.

괜히 나섰다가 미움받을 짓은 하지 않는 게 상책이다.

올해는 검찰이 몸을 사릴 확률이 높았다.

그런데 1월부터 연달아 홍문기, 유경민이 걸려들었다.

정치인과 기업인들은 여기저기 전화를 돌리며 사태를 파악하기 위해 애썼다.

수면 아래 가려진 소문이 퍼지는 데 그리 오랜 시간이 걸리지 않았다.

다들 대놓고 말은 못 해도 올림푸스 최치우가 작정하고 유경민을 노린다는 사실을 알게 됐다.

세계 5위의 자동차 회사인 현기의 홍문기는 디저트일 뿐이었다.

그동안 최치우는 재계 행사에 적극적으로 나서지 않았다.

쓸데없는 포럼과 세미나에 참석해 폼을 잡는 게 무의미하다고 느꼈기 때문이다.

대신 최치우는 이번 기회에 자신의 영향력을 확실하게 인지시켰다.

정계와 재계의 어느 누구도 최치우를 쉽게 볼 수 없을 것이다.

오성그룹 이지용을 움직이고, 유경민과 홍문기를 벼랑 끝까지 모는 건 아무나 할 수 없는 일이었다.

최치우가 마음만 먹으면 거물 정치인이나 재벌 회장을 날려 버릴 수 있다.

어떤 면에서 그는 이지용 부회장보다 더 무서운 존재로 인식됐다.

25살의 청년이 대한민국 최상위 거물들을 벌벌 떨게 만든 것이다.

─최 대표님, 고맙습니다.

유경민 의원실이 압수 수색을 당하고 며칠 후, 정제국 의원이 전화를 걸었다.

최치우는 야당에서 지지율 1위를 기록하는 대선 후보의 전화를 반기지 않았다.

오히려 짜증을 냈다.

"정 의원님, 이렇게 사적으로 전화를 걸면 곤란합니다."

─죄송합니다. 하지만 걱정하지 않으셔도 됩니다. 기록에 남

지 않는 전화기입니다.

"할 이야기가 있으면 가급적 사람을 쓰시죠. 전화보다 그게 편합니다."

―앞으로 주의하겠습니다.

"감사 인사도 제게 하실 필요 없습니다. 전에 말한 것처럼 정 의원님을 돕기 위해 움직이는 게 아닙니다."

―그 역시 명심하겠습니다. 다만 사람의 도리는 잊지 않을 테니 걱정하지 마십시오.

"그럼 이만 끊겠습니다."

최치우는 차갑게 전화를 종료했다.

유경민이 뇌물 수사로 지지율이 뚝 떨어졌다.

이대로 다른 변수가 없으면 정제국이 다음 대통령이 될 것이다.

이제 모든 사람들이 정제국에게 잘 보이려 전전긍긍 애를 쓰고 있다.

그러나 최치우는 달랐다.

차기 대통령 1순위인 정제국이 오히려 40살 가까이 더 어린 최치우에게 깍듯한 태도를 지켰다.

"귀찮은 게임은 끝났군."

한바탕 폭풍을 몰아치게 만든 최치우가 혼잣말을 읊조렸다.

홍문기와 유경민.

두 명을 클리어하며 정치 게임을 일단락시킬 수 있었다.

나머지는 검찰이 알아서 요리할 것이다.

"현기 자동차가 홍문기를 빼내느라 정신이 없을 동안, 퓨처 모터스를 내수 시장에 단단히 각인시켜야겠다."

최치우는 기업인이다.

정치는 기업을 잘하기 위해 이용하는 카드에 불과하다.

완벽한 승리자가 된 그는 벌써 다음 수를 내다보고 있었다.

전기차의 제주도 상륙은 출발선일 따름이다.

올해가 지나기 전, 퓨처 모터스의 전기차가 서울 도심을 쌩쌩 달리게 만들 것이다.

수년 내로 대한민국을 대표하는 자동차 회사는 현기가 아닌 퓨처 모터스가 될지도 모른다.

최치우는 이미 시동을 걸고 있었다.

10장

제우스

　샌프란시스코 공항으로 날아가는 내내 최치우는 설렘을 느꼈다.

　마치 장거리 연애를 하는 여자 친구를 만나러 비행기를 탄 기분이었다.

　물론 미국에 숨겨둔 여자 같은 건 없다.

　그럼에도 최치우가 설렘을 느낀 이유는 따로 있었다.

　퓨처 모터스에서 개발한 첫 번째 전기차의 테스트 드라이브를 하러 날아가는 중이기 때문이다.

　프로토 타입이지만, 몇 번의 실제 도로 주행과 보완 작업을 거치면 테스트가 끝난다.

　머지않아 제주도를 비롯해 전세계에 팔려 나갈 전기차가 완성되는 것이다.

최치우는 몇몇 엔지니어들을 제외하면 그 누구보다 먼저 실제 도로 주행을 하게 됐다.

전기차 산업을 지키기 위해 네오메이슨과 맞서 싸우며 노력했던 결실을 맺은 셈이다.

"일반 자동차랑은 느낌이 많이 다르겠지?"

최치우는 전기차의 특성에 대해 제법 공부를 했다.

T 모터스를 인수해 퓨처 모터스로 재탄생시키는 과정에서 공부를 소홀히 할 수 없었다.

세계 최고의 전기차 기술자로 손꼽히는 브라이언과 대화를 나누려면 기본 지식을 갖춰야 한다.

하지만 머리로 아는 것과 몸으로 느끼는 것은 천지차이다.

백문이불여일견이라는 옛말은 어느 분야에나 진리로 통한다.

최치우는 그동안 퓨처 모터스로부터 1호 전기차의 내외장 디자인, 성능, 주행질감 등 모든 부분이 꼼꼼히 기록된 보고서를 받았다.

이제 머릿속 지식을 몸으로 체화시키는 일만 남은 것 같았다.

이윽고 그는 널찍한 퍼스트클래스 좌석에서 편안한 비행을 끝내고 공항에 도착했다.

샌프란시스코 공항에는 브라이언이 직접 나와 있었다.

최치우는 퓨처 모터스의 최대주주이자 모기업 오너다.

곧 공식적인 CEO 직위도 승계하게 될 예정이고, 브라이언은 CTO이자 대주주로 기술 개발에 집중할 계획이었다.

이 정도 사이면 공항으로 퓨처 모터스의 임원을 보내는 게 관례다.

그런데 브라이언이 직접 나왔다는 건 그만큼 최치우를 예우한다는 뜻이다.

최치우는 퓨처 모터스에서 단순한 투자자로 여겨지지 않았다.

퓨처 모터스의 현재와 미래를 책임지는 구세주로 인정받았다.

제주도를 다녀오며 브라이언과 속 깊은 이야기를 나눴고, 서로 운명 공동체가 됐음을 확인했다.

회사를 인수하는 것보다 그들의 마음을 사는 게 훨씬 힘든 일이다.

최치우는 그 어려운 일을 해냈다.

그렇기에 공항 입국 카운터에서 다른 사람도 아닌 브라이언이 손을 번쩍 들고 환영을 하는 것이다.

"대표님, 치우!"

브라이언은 공식적인 호칭과 최치우의 이름을 번갈아 불렀다.

실리콘밸리에서는 신입 직원도 대표의 이름을 자유롭게 부른다.

성과를 내지 못하면 오늘 당장 해고 통보를 받지만, 평상시 직장 문화는 상당히 수평적이다.

철저한 책임제를 전제로 직원들에게 최대한의 자유를 보장하는 것이다.

"웰컴 백 투 샌프란시스코!"

"하하, 많이 기다리지 않았습니까?"

"아니에요. 비행기가 제시간에 도착해서 얼마 안 기다렸습니다."

최치우와 브라이언이 가볍게 포옹을 했다.

제주도지사를 만나고 돌아오며 부쩍 친해진 두 사람은 밀린 이야기를 쏟아냈다.

평소에도 매일 전화와 메신저로 의견을 주고받지만, 역시 얼굴을 보고 대화를 나누는 것만 못하다.

최치우는 브라이언과 함께 리무진 뒷좌석에 올라탔다.

그는 호텔에 경유하지 않고 곧장 퓨처 모터스 공장으로 갈 예정이었다.

한국에서 들고 온 캐리어는 다른 직원이 챙겨 호텔에 가져다 놓을 것이다.

퍼스트 클래스를 이용하며 편하게 날아왔기에 비행 후유증도 느껴지지 않았다.

가뿐한 몸 상태로 일정을 시작하는 데 무리가 전혀 없다.

사실 피곤함을 느껴도 30분 정도 조용한 곳에서 운기조식을 하면 멀쩡해진다.

최치우의 체력은 보통 사람과 다르다.

물론 그런 사실을 알 리 없는 브라이언과 다른 직원들은 최치우를 한층 더 대단하게 생각했다.

10시간 넘게 비행기를 타고 왔어도 곧바로 공장으로 향하는 열정을 인정할 수밖에 없었다.

"오늘 아주 놀라게 될 거라고 자신합니다."

"글쎄요."

최치우는 자신만만한 모습을 보이는 브라이언을 놀려주고 싶었다.

분명 만반의 준비를 마치고 최치우를 불렀을 것이다.

그러나 최대한 냉정하고 깐깐하게 평가해야 한다.

전기차가 도로를 주행한다는 사실에 감동하면 곤란하다.

소비자들은 기술 발전에 돈을 지불하지 않는다.

철저하게 기존의 자동차보다 더 나은 점이 있어야만 돈을 쓰고 전기차를 살 것이다.

최치우는 보수적인 소비자 입장으로 퓨처 모터스의 전기차를 테스트할 생각이었다.

"브라이언, 내가 서울에서 타는 차가 뭔지 알고 있습니까?"

"람보르기니? 페라리?"

"아닙니다."

"그럼 벤틀리 아니세요?"

"영국 차는 맞는데……."

"아하, 롤스로이스를 타시네요."

최치우가 고개를 끄덕였다.

슈퍼카로 언급되는 여러 브랜드가 있지만, 롤스로이스는 모두 한 수 위로 인정하는 브랜드다.

가격도 가격이지만, 고객 한 명을 위해 맞춤형으로 설계하는 커스텀 메이드가 롤스로이스의 진수다.

아스팔트 도로가 아닌 비단결 위를 흐르는 듯 럭셔리한 승차감도 다른 브랜드에서는 흉내 낼 수 없다.

"롤스로이스 오너도 만족시킬 수 있는 차이기를 기대하고 있습니다."

최치우의 말은 사뭇 의미심장했다.

자신만만하던 브라이언도 긴장한 표정을 지을 수밖에 없었다.

최치우는 전기차로 도로 주행에 성공했다며 칭찬해 줄 위인이 아니다.

자신의 기대치에 미치지 못하면 쓴소리를 마다하지 않을 것이다.

최악의 경우, 제주도와 체결한 MOU마저 파기할 수 있다.

어설픈 제품을 시장에 내놓는 것보다 손해를 감수해도 완벽한 제품을 출시하는 게 낫다.

그래야만 퓨처 모터스라는 브랜드가 벤츠나 BMW, 나아가서 페라리와 롤스로이스도 이길 수 있다.

"일반 내연기관 자동차와는 특성이 다르지만⋯ 어디에 내놔도 감탄을 받게끔 준비했습니다."

침을 꿀꺽 삼킨 브라이언이 다시 자신감을 내비쳤다.

긴장이 되어도 이제 와서 약한 모습을 보일 수는 없다.

의문의 화재 사고에도 불구하고 전 직원이 힘을 합쳐 다시 개발했다.

브라이언은 자신의 인생이 녹아 있는 전기차로 반드시 최치우를 만족시킬 각오였다.

"좋아요. 더 기다리기 힘드네요."

최치우는 미소를 지으며 창밖으로 고개를 돌렸다.

샌프란시스코 공항에서 빠져나온 리무진은 실리콘밸리의 중심지인 팔로알토를 지나 외곽으로 달려가고 있었다.

한국과는 확연하게 다른 풍경이 묘한 감상을 불러일으켰다.

샌프란시스코 다운타운은 서울 못지않게 복잡한 도심이다.

하지만 교외로 빠져나오면 시골 마을이나 다름없다.

세계 혁신의 최첨단을 달리는 실리콘밸리도 깔끔하고 한적한 시골 마을 같다.

물론 전세계에서 가장 집값이 비싸고 교육 수준이 높은 시골 마을이지만, 대도시와는 다른 풍경과 여유로운 정서가 느껴졌다.

'이런 도시를 만들고 싶다.'

최치우는 자주 실리콘밸리를 오가며 새로운 꿈이 싹트는 것 같았다.

평화롭지만 내부에서는 끊임없이 혁신이 일어나는 스마트 도시 건설.

아직은 꿈으로 남겨둬야 한다.

그러나 언젠가 도시 생태계를 직접 조성하게 될지도 모른다.

남들은 10조 원이 넘는 자산을 이뤘으면 더 이상 꿈이 없을 거라 말한다.

하지만 최치우에게는 어림도 없는 소리다.

그의 꿈은 점점 더 커지고 있었다.

최치우의 꿈이 커지는 만큼, 세상은 더 빨리 바뀌게 될 것이다.

　　　　　*　　　　　　*　　　　　*

　스르르륵―

　퓨처 모터스 직원들이 검은색 베일을 벗겼다.

　보통 언베일링 행사는 신차를 처음 공개할 때 이뤄진다.

　그러나 한국에서 실리콘밸리로 날아온 최치우를 위해 깜짝 이벤트를 준비한 것이다.

　짝짝짝짝짝!

　브라이언과 임원들, 그리고 개발 각 파트를 책임진 직원들이 박수를 쳤다.

　최치우도 함께 박수를 치며 기뻐했다.

　네오메이슨의 조직적인 음모, 그리고 공장 화재까지 온갖 역경을 딛고 재탄생한 1호 전기차다.

　양산형에 가장 근접한 모델을 처음 보게 됐으니 감격스러울 수밖에 없다.

　그러나 최치우는 억지로 감동을 눌렀다.

　아직은 샴페인을 터뜨릴 때가 아니다.

　그는 1호 전기차에 다가가 구석구석을 천천히 살폈다.

　"디자인은… 아주 좋군요."

　최치우의 입에서 칭찬이 나왔다.

　그러자 디자인 파트를 책임진 직원들이 일제히 환호성을 질렀다.

"이만하면 람보르기니나 페라리처럼 너무 튀지 않고, 또 다른 럭셔리 브랜드의 스포츠카처럼 너무 밋밋하지도 않고. 전기차만의 고유한 개성을 잘 살린 것 같습니다."

최치우는 디자인 전문가가 아니다.

하지만 직접 돈을 써서 차를 살 수 있는 소비자다.

그는 임동혁 때문에 페라리, 람보르기니, 맥라렌, 애스턴 마틴 등 각종 슈퍼카와 스포츠카를 질리도록 봤다.

퓨처 모터스의 첫 번째 전기차는 럭셔리와 스포츠에 초점을 맞췄다.

기존의 일반 자동차 회사들도 앞다퉈 보급형 전기차를 출시하고 있다.

실용성에 주안을 둔, 경차와 비슷한 디자인의 전기차가 대부분이다.

그러나 퓨처 모터스는 달라야 했다.

나중에는 보급형 모델을 확대하겠지만, 우선 눈길을 잡아끄는 럭셔리 스포츠 전기차로 소비자들의 인식을 바꿔야 한다.

최치우는 마진을 포기하더라도 매끈한 디자인과 럭셔리한 소재를 주문했다.

세련된 사람들, 부자들, 우리 사회를 이끄는 리더들이 전기차를 타야 평범한 사람들의 생각도 바뀐다.

보통 사람들이 전기차를 타고 싶은 것으로 인식하면 그때부터 본 게임이 시작되는 것이다.

벤츠 S클래스를 꿈꾸는 사람들이 C클래스와 A클래스를 구매하며 판매 볼륨을 떠받친다.

전기차도 마찬가지 원리를 적용할 수 있다.

럭셔리 스포츠 전기차가 이미지를 선도하면 점차 보급형 전기차로 시장이 확대될 것 같았다.

"대표님처럼 롤스로이스를 타는 고객도, 또 벤츠와 BMW에 익숙한 고객도 거부감 없이 전기차를 탈 수 있도록 외부 디자인과 인테리어 소재에 신경을 많이 썼습니다."

브라이언이 상기된 표정으로 말했다.

최치우에게 디자인 칭찬을 듣고 한껏 고무된 눈치였다.

"핵심 기능과 옵션들도 설명해 주세요."

"네, 운전석에 앉아주세요!"

최치우는 운전석에 탔고, 브라이언은 조수석에 자리를 잡았다.

인테리어 디자인은 고급스럽지만, 버튼과 내부 화면은 약간 달랐다.

특히 운전석과 조수석 사이 커다란 태블릿 PC를 통째로 박아 넣은 게 시선을 집중시켰다.

"이게 브라이언이 심혈을 기울여 개발했다는 대형 모니터군요."

"그렇습니다. 운전자들은 차 안에서 더 많은 시간을 보냅니다. 확실히 차별화되는, 그러면서 더 스마트하고 편리한 기능을 제공하려 했습니다."

"버튼에 익숙해진 운전자들이 불편함을 느끼진 않을까요?"

"처음에는 그럴 수 있습니다. 하지만 전기로 구동되는 것 외에 다른 차별점이 없다면, 고객들이 굳이 전기차를 구매하지 않을 것 같았습니다. 대형 화면을 이용하면 열선을 켜고, 에어컨을 트는 것뿐 아니라 사무실 컴퓨터를 차 안에서도 쓸 수 있게 됩니다. 나중에는 자율 주행 기술과도 접목시킬 수 있습니다."

"현재 시점에서는 편리성을 다소 포기하는 대신 차별화와 스마트함을, 그리고 미래 기술과의 연결 고리까지……."

잠시 턱을 괴고 생각에 잠겨 있던 최치우가 환한 미소를 지었다.

"좋아요. 분야는 다르지만, 브라이언과 내가 비슷한 비전을 가진 사람이란 걸 다시 확인하게 됐습니다."

"네!"

이번에는 인테리어, 특히 대형 화면의 인터페이스를 개발한 직원들이 휘파람을 불고 환호성을 질렀다.

최치우는 돌아가며 하나씩 전기차의 기능을 점검했다.

거의 모든 부분에서 합격점을 줄 수 있었다.

주행 성능만 괜찮으면 1억이라는 가격을 붙여도 부끄럽지 않은 자동차다.

스포츠카를 연상시키는 디자인과 럭셔리한 인테리어, 최첨단 기술에 전기 엔진까지 고려하면 오히려 1억이 저렴하게 느껴졌다.

"도로에서 달려봅시다."

"다시 시동을 걸면 됩니다."

최치우는 엔진 스타트 버튼을 눌렀다.

그러자 계기판과 내부 모니터 화면에 불이 들어올 뿐, 어떤 소리도 들리지 않았다.

엔진 소음과 진동은 남의 나라 이야기였다.

전기차의 특성을 알고는 있었지만, 직접 체험하니 놀라웠다.

"전기차는 소음과 진동에서 운전자들을 해방시켜 줄 수 있습니다, 대표님."

"스포츠카 배기음보다 이렇게 아무 소리도 안 나는 게 훨씬 더 짜릿하군요."

"시대를 앞서가는 느낌이니까요."

최치우는 한 손으로 핸들을 잡으며 말했다.

퓨처 모터스는 그동안 브랜드 전문가들을 섭외해서 전기차 모델의 이름을 고민하고 있었다.

실제로 전기차를 느껴본 최치우는 손쉽게 고민을 정리했다.

"브라이언, 제우스로 결정했습니다."

"네? 그럼 모델 이름을……?"

"퓨처 모터스의 전기차들은 제우스라는 이름으로 세상을 지배하게 될 겁니다. 제우스는 그리스 신들의 왕이자 올림푸스의 지배자였죠. 그 이름에 부끄럽지 않은 신화를 써나갑시다."

"제우스, 제우스. 저도 가슴이 뛰는 것 같습니다!"

"이건 스포츠 모델이니 제우스 S로 부르죠."

말을 마친 최치우가 엑셀을 밟았다.

양산을 앞둔 제우스 S가 움직였다.

제우스 S는 단순히 실리콘밸리의 도로가 아닌, 미래로 달려가는 첫 번째 주자다.

최치우는 제우스 S를 타고 미래를 향해 질주를 시작했다.

*   *   *

슈우우우욱—!

최치우는 중력의 반작용을 느끼며 속도감을 즐겼다.

일반 자동차는 가속을 할 때 엔진음과 배기음이 귓가를 때린다.

부우우웅거리는 시끄러는 배기음을 스포츠카의 참맛이라고 여기는 사람들도 많다.

하지만 전기차는 다르다.

시동을 걸 때도, 급가속으로 도로를 질주할 때도 소리가 거의 나지 않는다.

완벽에 가깝게 제어되는 소음과 진동이 전기차의 최대 매력이다.

"진짜 빠르네요."

최치우가 혀를 내둘렀다.

그가 서울에서 몰고 다니는 롤스로이스 레이스도 빠르기로는 람보르기니나 페라리에 뒤지지 않는다.

육중한 차체, 고급스러운 승차감에 초점이 맞춰져 있지만 12기통 엔진은 4.5초 만에 시속 100㎞를 돌파한다.

그러나 제우스 S의 프로토 타입은 레이스 못지않았다.

공식 제로백은 4.4초였다.

여러 옵션을 더하면 무려 5억 원에 팔리는 레이스보다 제로백이 0.1초 빠른 것이다.

수치상 제원보다 체감 속도는 더 빠르게 느껴졌다.

전기 모터를 이용하는 전기차는 초기 가속력이 매우 강력한 게 특징이다.

잘 모르는 사람들은 전기차라고 하면 경제성과 효율성부터 떠올린다.

하지만 실용적인 경차형 전기차도 시속 60km까지는 순식간에 도달한다.

내연기관과 변속기를 쓰는 일반 자동차와 달리 초반 가속 때 에너지 손실이 거의 없기 때문이다.

"1억에 이 정도 가속감이면… 스포츠카를 즐기는 사람들도 제우스 S로 눈길을 돌리겠군요."

"시장은 상당히 넓을 것 같습니다. 새로운 문물에 관심을 보이는 얼리 어댑터들, 대표님 말씀처럼 스포츠카를 좋아하는 사람들……. 계속해서 늘어날 거라고 생각합니다. 유지 편의성이 떨어지는 대신, 유지 비용은 일반 차량보다 훨씬 저렴하니까요."

브라이언의 여러 각도에서 시장 전망을 분석했다.

어떻게 봐도 제우스 S의 미래는 밝을 수밖에 없다.

전기차의 최대 단점은 충전이다.

아직까지 충전기가 아파트 단지마다 설치돼 있지 않았고, 완충에도 시간이 걸린다.

그러나 유지비는 일반 차량과 비교할 수 없다.

기름값에 비하면 전기세는 비용도 아니다.

제우스 S와 비슷한 속도를 내는 스포츠카를 구하려면 포르쉐에서 찾아야 한다.

물론 벤츠나 BMW의 고성능 브랜드인 AMG나 M도 있다.

그런 차들과 비교하면 구입 비용부터 유지비까지 훨씬 경제적이다.

단순히 신기술에 투자하기 위해 전기차를 구입할 사람은 없다.

퓨처 모터스는 깐깐한 소비자들을 만족시킬 만반의 준비를 마쳤다.

제우스 S를 몰고 퓨처 모터스 공장으로 돌아온 최치우는 몇 가지 질문을 더했다.

"소리가 너무 안 나면 위험하진 않을까요? 그리고 배기음을 원하는 소비자들도 있을 거 같은데."

"가변 사운드 시스템으로 모두 해결할 수 있습니다."

"가변 사운드? 내가 리포트에서 놓친 부분 같습니다."

"실제 출시될 모델의 후면부에는 초소형 오디오 장치를 장착할 예정입니다. 각 국 정부의 안전 기준에 맞춰 최소한의 소리를 내면 보행자들도 주의할 수 있습니다. 또 스포츠카의 감성을 원하는 고객들이 버튼을 누르면 오디오에서 우렁찬 배기음이 뿜어져 나오게 설정할 수 있습니다."

"실제 소리는 아니지만, 충분히 해결이 가능하다는 뜻이네요."

"그렇습니다, 대표님."

브라이언이, 그리고 퓨처 모터스 직원들이 얼마나 꼼꼼하게 고민을 거듭했는지 알 것 같았다.

그들은 전기차에 의문을 품는 세상을 상대로 완벽한 대답을 내놓기 위해 인생을 바쳤다.

"양산 라인 스케줄은 어떻게 관리하고 있습니까?"

"3월까지 양산형 테스트와 미국 정부의 검증을 끝낼 생각입니다. 이후 4월부터 양산 라인을 가동하고, 한국 환경부의 인증 절차를 밟겠습니다."

"제주도에는 7월쯤 1차 물량을 풀 수 있겠군요."

"네, 초기 물량 1,000대를 제주도에 최우선으로 배정하겠습니다. 이후 가을부터 미국 서부를 기점으로 판매를 시작할 예정입니다."

"월 생산량은 어떨 거 같아요? 최대한 보수적으로."

"우선 월 1,000대 생산을 목표로 하고 있습니다."

"그 정도만 지켜도 올해와 내년까진 문제가 없습니다. 시장 반응이 좋으면 양산 공장을 따로 만들죠. 처음부터 설계하는 것 하나, 그리고 GM에서 매각하려는 기존 공장 인수도 하나."

최치우는 스케일이 큰 투자자다.

된다고 믿는 분야에는 투자를 아끼지 않는다.

그는 벌써 미국 최대 자동차 회사인 GM의 생산 공장을 통째로 살 생각도 하고 있었다.

브라이언은 두근거리는 심장을 진정시키며 힘차게 고개를 끄덕였다.

"꼭 GM을 넘어서고 싶습니다."

GM을 넘어선다는 것은 미국 최대의 자동차 회사가 된다는 뜻이다.

판매량으로 따지면 꽤 오랫동안 불가능한 목표일지 모른다.

그러나 영업 이익으로는 GM을 제치는 걸 목표로 삼아야 한다.

최치우는 이미 남다른 계획을 세우고 있었다.

"한국에서 현기에게 어퍼컷을 날리고, 아시아 시장을 공략하게 될 겁니다. 미국에서는 상징적인 GM의 공장 인수를 시작으로 주가를 올려야죠."

"공장에 불이 났을 때만 해도 모든 게 꿈처럼 사라질 줄 알았는데… 대표님을 만나고 꿈이 현실이 되는 걸 보고 있으니 기분이 이상합니다. 이러다 긴 잠에서 깨면 어쩌지, 걱정이 될 정도입니다."

"브라이언, 마음 단단히 먹어요. 제우스 S의 출시는 시작의 시작의 시작에 불과하니까."

최치우가 미소를 지으며 브라이언의 어깨를 두드렸다.

꿈을 현실로 만들고 있는 두 사람이 서로를 바라보며 웃었다.

머지않아 제우스라는 이름은 페라리나 람보르기니처럼 선망의 대상이 될 것이다.

최치우와 올림푸스는 말 그대로 신화를 현대에 재현하고 있었다.

*　　　　*　　　　*

한국으로 돌아온 최치우는 국가 대표 선발전에 참가했다.

작년 가을, 손기정 기념 육상 선수권에서 우승하며 선발전 참가 자격이 주어졌다.

선발전이 열리는 실내 경기장은 인파로 가득했다.

육상 국가 대표 선발전은 원하면 누구나 관람할 수 있다.

하지만 이제까지 사람들이 모인 경우는 단 한 번도 없었다.

대한민국 육상 역사에서 국가 대표 선발전이 관심의 대상이 된 것은 최초였다.

"와아아아아아—!"

최치우는 함성을 지르는 사람들에게 손을 흔들었다.

평일 오전인데도 그를 보기 위해 수많은 사람들이 실내 경기장을 가득 채웠다.

기자들도 많이 왔다.

스포츠 기자들만 경기장에 온 게 아니었다.

최치우는 우리나라 경제를 움직이는 CEO다.

게다가 최근에는 유경민의 검찰 수사 배후라는 소문도 돌고 있었다.

그를 취재하기 위해 스포츠부, 경제부, 산업부, 정치부 등 출입처를 가리지 않고 기자들이 벌 떼처럼 모이는 게 당연했다.

혹시 한마디 멘트라도 딸 수 있으면 당장 특종이 되기 때문이다.

이유가 무엇이건, 기자와 관객들이 운동장을 만석으로 채운 것은 변하지 않는 사실이다.

최치우는 대한민국 육상 판도를 바꾸고 있었다.

박세리를 보고 자란 박세리 키즈들이 여자 골프계를 주름잡은 것처럼, 최치우가 달리는 걸 보고 자라난 최치우 키즈들이 육상에 도전할 수 있다.

먼 훗날 대한민국이 아시아 최고의 육상 강국이 되지 말란 법도 없다.

최치우는 단순히 본인의 병역 문제만 해결하고 있는 게 아니었다.

동양인의 육체 능력에 대한 편견을 깨부수고, 동시에 한국 육상의 저변을 확대시키는 중이었다.

타앙─!

총성과 함께 최치우의 몸이 앞으로 튀어나갔다.

그는 손기정 선수권에서 9초 98로 한국 신기록을 세웠다.

때문에 언론에서는 아시아 신기록을 깨지 않을까 호들갑을 떨었다.

그러나 여기서 무리할 생각은 없었다.

올림픽에서 극적으로 세계신기록을 경신하며 금메달을 따는 것.

그게 최치우의 최종 목표였다.

군이 아시아 신기록을 경신하지 않아도 국가 대표로 선발되는 데 지장이 없다.

'지난번보다 조금만 힘을 빼고……'

최치우는 100m 달리기를 하며 페이스 조절을 할 정도로 여유로웠다.

다른 선수들은 젖 먹던 힘까지 짜내며 달리고 있었다.

만약 최치우가 그렇게 전력으로 달리면 8초나 7초의 벽도 우습게 깰 것이다.

"와—! 10초 03이다!"

"아쉽네. 그래도 다른 선수들이랑은 완전히 틀리네."

전광판에 뜬 기록을 보고 사람들이 다양한 평을 내놓았다.

최치우는 다른 선수들과 격차를 벌리며 1위로 결승선을 통과했다.

올림픽에 출전할 국가 대표가 되는 것은 기정사실이나 마찬가지다.

선발전을 통해 최치우는 손기정 선수권 기록이 요행이 아니었음을 증명하고 있었다.

사실 당연한 일이다.

어느 누가 요행으로 10초의 벽을 깨고 9초대 기록을 세울 수 있을까.

아마 선발전이 끝나면 최치우는 또 지겨운 도핑테스트를 받아야 할 것이다.

올림픽 위원회에서 최치우를 특별 감시 대상으로 선정했다는 뒷이야기가 떠돌고 있었다.

그래봐야 소용없는 일이지만, 최치우는 귀찮고 번거로운 왕관을 기꺼이 쓰기로 결심했다.

"최 대표님, 최치우 대표님!"

경기를 마친 최치우가 타월을 들고 대기실로 돌아가려 했다.

그런데 유독 애절하게 자신을 부르는 목소리가 돌렸다.

고개를 돌리니 익숙한 얼굴이 기자석에 앉아 있었다.

"구진모 기자님?"

"네, 접니다! 이따 10분만 시간 좀……."

"메시지할게요."

"감사합니다! 감사합니다!"

최치우는 아는 얼굴을 그냥 지나치지 않았다.

선발전에 찾아와 목청이 터져라 최치우를 부른 기자는 줄곧 호의적인 기사를 써줬다.

게다가 소속 매체도 국내 주요 일간지다.

한 번 정도 따로 시간을 내주면 두고두고 고마워할 게 분명했다.

"최치우 대표랑 미팅하는 거야? 장난 아니다, 선배."

"아니, 어떻게……. 우리도 좀 끼워주면 안 될까?"

다른 기자들이 부러운 기색으로 구진모 기자를 쳐다봤다.

최치우는 쏟아지는 인터뷰 요청을 대부분 거절하고 있다.

10분, 아니, 5분이라 해도 최치우를 따로 만날 수 있으면 특종은 따놓은 당상이다.

최치우와 단독 미팅을 했다는 사실만으로 기자는 취재력을 인정받게 된다.

구진모 기자는 동료들에게 손을 내저으며 선을 지켰다.

"나도 어렵게 잡은 기회라……. 미안해, 다들. 이번엔 혼자 갈게."

"다음에 술이나 쏴요, 선배."

"이달의 기자상은 구 선배가 받겠네."

여기저기서 덕담이 넘쳐났다.

구진모 기자는 어깨를 으쓱하며 짐을 챙겼다.

천금 같은 기회를 놓치지 않기 위해 재빨리 움직여야 했다.

최치우는 국민들에게만 영웅 대접을 받는 게 아니었다.

여론을 조성하는 기자들도 최치우를 슈퍼스타로 떠받들고 있었다.

비록 언론과 자주 접촉하진 않지만, 기자들을 진심으로 대하기 때문이다.

앞뒤가 너무 다른 국회의원과 기업인을 많이 만난 베테랑 기자들은 더더욱 최치우에게 열광했다.

최치우는 25살의 나이로 남들은 꿈도 꾸기 힘든 성공을 거뒀지만 거만해지지 않았다.

홍문기 같은 인간이 평소 기자들을 어떻게 대했을지 짐작하는 건 어렵지 않다.

그에 비하면 최치우는 양반 중의 양반이다.

구진모 기자는 잔뜩 기대감에 부푼 얼굴로 경기장을 빠져나
왔다.

*   *   *

"이쪽입니다, 구 기자님."

최치우가 약속 장소에서 기다리고 있었다.

의외로 인적이 드문 카페 구석 자리였다.

구진모 기자는 허리를 꾸벅 숙이고 자리에 앉았다.

"커피는 알아서 시켜놓았습니다."

"예, 대표님. 이렇게 시간 주셔서 정말 감사합니다."

"아닙니다. 평소 구 기자님이 좋은 기사를 많이 써줘서 힘이
되고 있습니다."

"정말 영광입니다."

어차피 구진모 기자의 관심은 커피가 아니었다.

그는 최치우와 마주 앉을 수 있는 1초, 1초를 소중하게 생각
했다.

구진모도 회사에서는 10년 차 이상의 베테랑 기자다.

주요 일간지에서 10년을 버틴 차장급 기자는 어디를 가도 극
진한 대접을 받는다.

소위 말하는 기자 곤조도 만만치 않다.

하지만 최치우 앞에서는 마치 사회 초년생 시절로 돌아간
것 같았다.

최치우라는 인물의 아우라가 그만큼 대단하기 때문이다.

"올림픽 국가 대표로 선정이 되셨는데 소감부터 여쭤봐도 괜찮을까요?"

"나라를 대표하게 되어 기쁘면서도 무거운 책임감을 느끼고 있습니다. 예전에 밝힌 것처럼, 올림픽 이후에는 육상 선수로 활동할 계획은 없습니다. 다만 저의 올림픽 출전이 국민들에게 희망을 드리고, 향후 육상 발전에 밑거름이 되도록 최선을 다하겠습니다."

빈틈없는 대답이 기다렸다는 듯 흘러나왔다.

최치우의 언론 대처 능력은 정평이 나 있었다.

스케줄이 바빠 인터뷰를 즐기지 않을 뿐, 아무리 어려운 질문도 능숙하게 대처할 수 있다.

구진모 기자는 눈을 빛내며 다음 질문을 말했다.

주어진 시간이 많지 않기에 엑기스를 뽑아내야 했다.

"IOC를 비롯해 여러 기관에서 약물 사용 등을 의심하고 있습니다. 아직 공개되지 않은 신기술을 적용한 것 아니냐는 시선도 있어요. 일반인이 갑자기 한국 신기록을 경신하는 것, 정말 가능한 일이라고 생각하시나요?"

"도핑테스트에는 성실히 응하고 있습니다. 의심이 따를 수밖에 없지만, 모든 검사 조치를 피하지 않겠습니다. 평소 육상에 관심이 깊어 훈련을 계속해 왔지만, 저도 제가 이렇게 빨리 달릴 수 있을 줄 몰랐습니다. 다만 우리 인생에는 언제나 기적이 일어나죠. 제게 일어난 기적이 국민들과 다른 운동선수들에게 희망을 줬으면 합니다."

100m 달리기 이야기로는 더 이상 흥미로운 답을 얻지 못할 것 같았다.

구진모 기자는 다른 질문을 꺼냈다.

"얼마 전 실리콘밸리에서 퓨처 모터스의 전기차가 시범 주행을 하는 모습이 포착됐습니다. 제주도와 MOU도 체결하셨는데, 퓨처 모터스의 전기차는 어느 레벨에 도달했습니까?"

바로 최치우가 기다리던 질문이었다.

사실 제우스 S 이야기를 언론에 흘리기 위해 인터뷰 시간을 낸 것이다.

구진모 기자가 최치우를 부른 것은 우연이지만, 최치우가 그를 알아보고 순식간에 판단을 내린 것은 결코 우연이 아니었다.

주요 일간지를 통해 제우스 S에 대한 기대감을 높이면 공짜로 수십억짜리 광고를 하는 셈이다.

"그건 이렇게 말씀을 드리기 곤란한데……."

최치우는 짐짓 한발 뒤로 뺐다.

기자를 애타게 만들어야 더욱 비중 있게 기사를 쓸 것이다.

아니나 다를까, 구진모 기자는 간절한 눈빛으로 호소를 했다.

"대표님, 그러지 말고 간단히 한 말씀이라도 부탁드립니다. 예를 들면 몇 월에 제주도에 출시를 할 예정인지라도, 아니, 뭐든 좋습니다."

"이왕 구 기자님을 만났는데, 특별히 몇 가지만 말씀을 드릴

까요?"

"그렇게 해주시면 이 은혜는 평생 잊지 않겠습니다!"

구진모 기자는 졸지에 충성 서약 비슷한 것을 해버렸다.

최치우는 제우스 S를 홍보하고, 베테랑 기자도 완전히 자기 사람으로 포섭하게 됐다.

언론을 컨트롤하는 능력은 도저히 25살이라 생각할 수 없었다.

기자들이 그의 젊은 나이에 방심했다가 역으로 당한 게 한두 번이 아니다.

"사실 퓨처 모터스의 전기차는 완성 단계에 돌입했습니다. 제가 직접 실리콘밸리에서 운전을 해봤습니다."

"오오!"

구진모 기자의 입에서 탄성이 터져 나왔다.

최치우가 직접 전기차 테스트 드라이브를 했다는 건 100% 특종감이다.

그는 최치우의 페이스에 말려들어 신을 냈다.

"운전을 해보니 어떠셨습니까?"

최치우의 손바닥 위에서 놀아나고 있지만, 특종을 내게 된 구진모 기자에게도 좋은 일이다.

최치우는 그를 손쉽게 요리하며 제우스 S를 한껏 띄웠다.

정말 전기차로 일반 차의 아성을 무너뜨릴 날이 멀지 않은 것 같았다.

2월이 됐다.

벌써 새해의 첫 달이 지나간 것에 대해 많은 사람들이 아쉬움을 토로한다.

1월까지는 이제 시작이라는 기분이 남아 있다.

하지만 2월부터는 잠깐 망설이면 금방 여름이 올 거라는 위기감을 느낄 수밖에 없다.

또 2월은 사람들이 새해 목표를 이룰 수 있을지 없을지 대충 결판이 나는 달이다.

1월에는 헬스클럽이 신규 등록자로 가득 찬다.

그러나 2월이 되면 언제 그랬냐는 듯 헬스장이 텅텅 비는 경우가 많다.

1월의 결심을 2월까지 지속하는 사람은 목표를 이룰 가능성이 높다.

그렇기에 2월은 한 해 농사를 예측할 수 있는 고비인 셈이다.

올림푸스와 퓨처 모터스는 차분한 마음으로 2월을 보내고 있었다.

6월에는 광명의 소울 스톤 발전소가 준공되고, 7월에는 제우스 S 초기 물량 1,000대가 제주도에 풀린다.

두 가지 굵직한 타임라인을 지키기 위해 직원들은 벌써부터 전투 모드였다.

하지만 최치우 개인적으로는 2월부터 직접적인 성과를 보고 있었다.

그는 올림픽에 출전할 100m 달리기 국가 대표로 선발이 됐다.

선수촌에 입소하지 않고, 자유롭게 활동해도 되는 사상 초유의 특혜까지 받았다.

뿐만 아니다.

사업적인 이유, 그리고 정치적인 이유로 제거하려 마음먹은 현기 자동차 홍문기 부회장의 1심 판결이 나왔다.

검찰은 징역 7년을 구형했지만 재판부는 징역 5년을 선고했다.

구형보다 선고 형량이 낮아진 건 큰 문제가 아니었다.

어차피 거의 모든 재판에서 구형은 기준점이 될 뿐, 실제 형량은 그보다 낮다.

재판부가 예상보다 빨리 1심 판결을 내렸고, 집행유예가 아닌 실형을 선고했다는 게 키포인트다.

재벌 2세, 실질적인 대기업 오너에게 내려진 형량치고는 무척 엄한 편이었다.

최치우는 쾌재를 부르며 속으로 박수를 쳤다.

문종인 검찰총장은 줄을 확실하게 잡았다.

누가 미래의 권력이 될지 눈치를 보지 않고, 최치우라는 튼튼한 동아줄을 꽉 잡은 것이다.

홍문기의 구속과 실형 선고로 현기 자동차 주식이 하한가를 쳤다.

물론 홍문기 부회장은 항소를 통해 집행유예를 받아내려 총력을 다할 게 분명하다.

그러나 2심 판결이 나려면 최소 몇 개월은 더 걸린다.

2심에서 집행유예가 나온다는 보장도 없다.

그동안 현기 자동차는 후계 주도권 다툼이 재발해 뒤숭숭해질 것이다.

신사업 동력도 상실되고, 퓨처 모터스의 한국 진출을 견제할 겨를도 없을 것 같았다.

이제 남은 타깃은 유경민이다.

압수 수색 등 절차를 거친 검찰은 구속영장을 발부했다.

법원은 장고 끝에 구속을 승인했다.

증거인멸의 우려가 크다는 게 주요한 구속 사유였다.

유경민이 구속되면서 정계가 크게 술렁거렸다.

대선을 1년도 안 남겨둔 시점에서 여당의 유력 후보가 포승줄에 묶였기 때문이다.

구속이 됐다고 해서 무조건 유죄 판정을 받는 것은 아니다.

구속적 부심도 시도할 수 있고, 1심에서 무죄나 100만 원 이하 벌금형이 나올 경우 대선 출마가 가능하다.

하지만 구속이 된 순간, 아니, 압수 수색을 받은 시점부터 유경민의 지지율은 바닥을 모르고 떨어졌다.

극적으로 완전 무죄를 받지 않는 이상 두 번 다시 여론조사 1위 후보로 올라서긴 힘들 것 같았다.

대선 후보를 잃어버린 여당에서는 부랴부랴 다른 선수를 찾느라 분주해졌다.

반면 야당의 정제국은 느긋했다.

신중한 논평을 내놓으며 자신에게 주어진 기회를 놓치지 않았다.

정치는 예측할 수 없는 생물이지만, 정제국이 당선되어 정권 교체를 이룰 확률이 어느 때보다 높아 보였다.

홍문기의 실형과 유경민의 구속.

최치우는 재계와 정계를 충격에 빠뜨린 두 사건을 조종한 보이지 않는 손이다.

서로를 깊이 존중하는 유영조 대통령과 다른 길을 선택하면서까지 내린 결단이 먹혔다.

결과적으로 25살 청년 최치우가 대한민국을 크게 움직인 것이다.

그는 올림푸스에 커다란 걸림돌이 될 수 있는 장애물 두 개를 치웠다.

미래까지 생각하면 어마어마한 리스크를 일찍 제거하며 존재감도 과시했다.

수면 위로 드러나지 않았지만, 알 만한 사람들은 최치우의 입김이 이토록 강력하다는 것을 깨달았다.

흉흉한 소식이 전국을 강타한 2월, 최치우는 남몰래 축제를 열어도 될 것 같았다.

　　　　*　　　　　*　　　　　*

　매주 한 번, 최치우는 올림푸스 직원들과 티타임을 가진다.

　여의도 본사의 규모가 커지고, 직원들의 숫자가 많아지면서
만든 문화다.

　이제 여의도에만 200명 가까운 인원이 상주하고 있다.

　자칫하면 직장 생활 내내 최치우와 말 한마디 못 해보는 직
원도 생길 수 있다.

　앞으로 이런 현상은 더욱 심화될 것이다.

　올림푸스와 퓨처 모터스는 빠른 속도로 날아가는 로켓이기
때문이다.

　최치우가 소수 정예를 추구한다고 해도 꾸준히 규모가 커지
는 것은 정해진 수순이었다.

　그러나 최치우는 가능한 많은 직원들과 소통하며 편한 관계
를 만들고 싶었다.

　직원이 2,000명이 되면 개별 티타임을 가지는 것도 불가능하
겠지만, 아직은 아니다.

　매주 10명씩 새로운 직원들과 티타임 간담회를 나누면서 얻
는 유익이 적지 않았다.

　직원들 관점에서 바라보는 회사의 장단점을 파악하고, 격의
없는 소통으로 팀워크를 다질 수 있다.

　올림푸스 직원들은 거의, 아니, 전부가 최치우의 열렬한 팬이
라고 해도 과언이 아니었다.

최치우라는 슈퍼스타를 바라보고 함께 세상을 바꾸기 위해 밤샘도 마다하지 않는 사람들이다.

그런 직원들이니 최치우와의 티타임은 엄청난 동기 부여가 됐다.

선망의 대상인 최치우와 같은 테이블에 앉아 이런저런 대화를 나눌 수 있다는 것 자체가 꿈같은 일이었다.

"사이트는 어땠어요?"

다양한 이야기를 주고받던 중 최치우가 올림푸스의 현안에 대해 질문을 던졌다.

그러자 가장 어려 보이는 여직원이 먼저 대답했다.

"다른 판매 사이트와 달리 디자인이 직관적이라서 쓰기 편했어요. 대신 너무 심심해 보이기도 했어요."

"PC로 접속했죠?"

"네? 네, 대표님."

"모바일 페이지로 보면 화면이 비어 보이진 않을 겁니다. 일부러 미니멀한 디자인을 추구한 건 이용자의 80% 이상이 모바일로 접속할 것이기 때문이죠."

최치우가 미소를 지으며 말했고, 여직원도 납득한 듯 고개를 끄덕였다.

입사한 지 얼마 안 되는 막내급 직원과 올림푸스를 수십조 가치로 키워낸 창업주.

다른 회사 같으면 두 사람이 자유롭게 대화를 나누는 모습을 상상하기 힘들 것이다.

하지만 올림푸스에서는 대수롭지 않은 일이었다.

테이블에 둘러앉은 10명의 직원들은 최치우 앞에서 주눅이 들지 않았다.

그를 동경하고, 또 존경하지만 수평적인 기업 문화에 익숙해져 있었다.

올림푸스는 상명하달 의사소통과 효율성이 중요한 제조업 회사가 아니다.

창의성을 기반으로 세상에 없던 가치를 찾아내는 회사다.

그렇기에 최치우는 창업 초창기부터 수평적인 기업 문화를 도입하려 애썼다.

실리콘밸리를 다녀오고, 퓨처 모터스의 문화를 경험한 이후 확신은 더 강해졌다.

최대한의 자유와 최대한의 책임을 동시에 주는 게 정답인 것 같았다.

자유는 적게 주고 책임을 무겁게 하거나 반대로 책임 없는 자유를 주면 회사가 망가진다.

실리콘밸리의 회사들은 직원이 하고 싶은 걸 다 할 수 있게 지원해 주되 성과를 내지 못하면 과감하게 해고한다.

올림푸스도 그만한 역량을 갖춘 직원들과 함께 성장하고 있었다.

"그런데 대표님, 사람들이 집 다음으로 중요하게 여기는 재산이 차인데 정말 온라인 구매를 할까요?"

이번에는 다른 직원이 먼저 질문을 던졌다.

주제는 똑같았다.

올림푸스에서 만든 온라인 전시장이었다.

퓨처 모터스는 다른 자동차 회사처럼 오프라인 전시장을 무작정 늘리지 않을 것이다.

세계 각 국의 주요 도시에 최소한의 센터만 지을 계획이었다.

대신 고객들은 온라인 전시장을 통해 차량을 확인하고, 원하는 옵션을 넣어 제우스 S를 구매할 수 있다.

퓨처 모터스의 온라인 전시장인 웹 사이트와 모바일 페이지, 어플리케이션은 다름 아닌 올림푸스에서 개발했다.

최근 올림푸스 내부에서 1차 개발을 마치고 베타 테스트를 하는 중이었다.

그렇기에 티타임 시간에도 온라인 전시장이 화제가 될 수밖에 없었다.

"다른 회사들도 온라인 전시장이 있지만, 대부분 오프라인에서 딜러를 만나 상담을 받고 차를 구매하죠."

"저도 차를 살 때 어떤 딜러를 만나느냐를 중요하게 여겼습니다. 아무래도 사람과 사람이 만나야……."

"맞아요. 우리의 온라인 전시장은 딜러라는 연결 고리를 제공하지 않습니다."

최치우는 순순히 단점을 인정했다.

직원들이라고 해서 자신보다 못한 사람은 아니다.

모두 어느 회사에서도 탐내는 훌륭한 인재들이었다.

그들의 지적에 귀를 기울이지 않으면 올림푸스는 계속 발전하기 힘들다.

하지만 선택을 내리는 것은 최치우의 몫이다.

다양한 의견을 듣고, 최선의 방법을 찾아 가장 무거운 책임을 지는 게 리더의 역할이다.

"전기차는 내연기관 자동차 시대를 바꿀 새로운 발명품입니다. 그렇다면 전기차를 구매하는 방식도 예전과는 달라져야죠. 다들 알다시피 우리도 샌프란시스코, LA, 뉴욕, 그리고 서울에 오프라인 전시장을 열 계획입니다. 그런데 판매는 무조건 온라인 전시장에서만 가능하도록 만든 이유가 뭘까요?"

"퓨처 모터스와 제우스의 특별한 이미지를 확립하기 위해서인가요?"

"그것도 맞는 말입니다만, 본질적으로 명확한 이유가 있습니다. 소비자를 따라가는 회사가 아닌, 소비자를 따라오게 만드는 회사가 돼야만 살아남을 수 있기 때문입니다."

최치우의 말이 직원들 사이에 파문을 일으켰다.

오늘 티타임에 나온 10명은 대부분 홍보와 마케팅 부서 소속이다.

그들은 언제나 고객 중심적 사고를 해왔다.

그게 현대 마케팅의 기본 철학이었다.

그러나 최치우는 소비자를 따라오게 만든다는 패러다임을 제시했다.

"물론 쉽지 않은 일입니다. 대신 한번 따라온 소비자는 쉽게 떠나지 않습니다. 애플이 아무리 불편하고 비싸도 팬덤은 흔들리지 않고 더 강해집니다. 애플은 소비자에게 맞춰주지 않습니다. 소비자를 애플에게 적응시킵니다. 퓨처 모터스의 제우스가 가야 할 길도 마찬가지입니다. 낯설고 어려운, 그리고 충전 등 불편한 요소가 많은 전기차는 아직까지 불친절한 자동차입니다. 그렇다고 어설프게 고객을 따라가면 망할 겁니다. 차라리 판매부터 100% 온라인이라는 새로운 방식으로 소비자를 이끌어야 합니다."

"새로운 자동차는 새로운 방식으로, 새로운 고객들에게……."

막내 여직원이 혼잣말을 중얼거렸다.

최치우는 그것을 놓치지 않고 캐치했다.

그야말로 자신이 딱 하고 싶던 말이었다.

"바로 그거죠! 제우스 S를 구입하는 소비자들은 자부심을 느끼게 될 겁니다. 새로운 방식으로 새로운 자동차를 샀으니까, 고객 자신도 시대를 앞서가는 새로운 사람이 된 것 같은 느낌을 받겠죠. 그 자부심이 제우스에 대한 열광적 팬심이 되고, 애플빠처럼 제우스빠가 생기게 만드는 것. 그게 바로 여러분의 역할입니다."

"와아……."

잔잔한 파문이 직원들의 마음을 거세게 흔들었다.

최치우는 마케팅을 전공한 직원들에게 커다란 충격을 안겨 줬다.

역발상.

말은 쉽지만 아무나 못하는 것이다.

전형적인 생각을 깨고, 고정관념을 허무는 감각은 돈으로 살 수 없다.

타고나는 것도 있지만, 부단히 노력하며 센스를 갈고닦아야 한다.

최치우는 티타임을 이용해 온라인 전시장에 대한 의견을 듣고, 홍보팀 직원들에게 신선한 충격을 줬다.

오늘 받은 자극을 잊지 않고 노력하는 직원들은 한 단계 성장할 것이다.

최치우는 단순히 수십조 가치의 회사를 이뤘다고 존경받는 게 아니었다.

직원들과 끊임없이 소통하고, 그럴 때마다 매번 비전과 영감을 주기에 절대적 지지를 받는 것이다.

"그럼 우리 다음에 또 차 한잔합시다. 궁금한 거, 또는 말할 거 있는 사람은 언제든 대표실 문 두드리세요."

"네, 대표님."

"감사합니다!"

화기애애한 분위기에서 티타임이 끝났다.

최치우는 대표실로 돌아와 컴퓨터를 켰다.

방금 전까지 직원들과 이야기를 나눴던 온라인 전시장 메인 화면이 모니터에 떠올랐다.

직원들의 의견을 들어서인지 예전에 보이지 않던 자잘한 단점이 눈에 띄었다.

"전체 디자인은 미니멀하게 유지하면서… 조금 더 재미난 장치들로 사람들의 시선을 빼앗을 필요가 있어. 당장 제우스 S를 사지 않는 사람들도 온라인 전시장에서 놀 수 있도록."

아무리 대단한 사람도 혼자서 모든 일을 완벽하게 해낼 수는 없다.

최치우는 직원들의 인사이트를 바탕으로 온라인 전시장을 업그레이드시키고 있었다.

온라인 전시장이 완성되면 곧장 예약 판매를 시작한다.

100% 온라인 판매라는 혁명이 또 한 번 세상을 강타하게 될 것이다.

2월이 지나고, 3월이 오면 언제 추웠냐는 듯 날씨는 금방 풀리게 마련이다.

봄바람이 불어오면 올림푸스는 풍성한 수확의 계절을 맞이하게 될 것 같았다.

가을까지 기다릴 필요도 없다.

봄과 여름의 결실로 시가총액 100조를 돌파한다.

최치우는 다가올 미래를 상상하며 미소를 지었다.

『7번째 환생』 8권에 계속…

초대형 24시 만화방

신간 100%, 샤워실, 흡연실, 수면실(침대석), 커플석, 세탁기 완비

▪ 광명 광명사거리역점 ▪

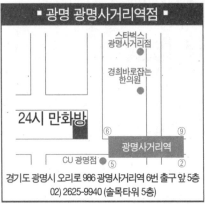

경기도 광명시 오리로 986 광명사거리역 6번 출구 앞 5층
02) 2625-9940 (솔목타워 5층)

▪ 강북 노원역점 ▪

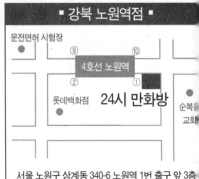

서울 노원구 상계동 340-6 노원역 1번 출구 앞 3층
02) 951-8324 (화용빌딩 3층)

▪ 일산 정발산역점 ▪

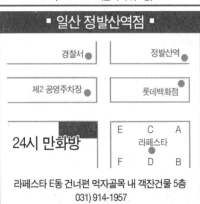

라페스타 E동 건너편 먹자골목 내 객잔건물 5층
031) 914-1957

▪ 일산 화정역점 ▪

경기도 고양시 덕양구 화정동 984번지 서일빌딩 7층
031) 979-4874 (서일사우나 건물 7층)

▪ 부천 역곡역점 ▪

역곡남부역 기업은행 건물 3층
032) 665-5525

▪ 부평역점 ▪

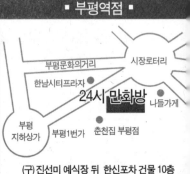

(구)진선미 예식장 뒤 한신포차 건물 10층
032) 522-2871

침략자 장편소설

FUSION FANTASTIC STORY

작가 정규현

출판 작가 정규현
완결 작품 4질, 첫 작품 판매 부수 79권

"작가님, 이건 좀 아닌 것 같습니다."
"대마법사, 레이드 간다! 5권까지만 종이책으로 가고
6권은 전자책으로 가겠습니다."

"15페이지 안에 흥미를 유발하지 못하면 계약은 없습니다."

언제나 당해왔던 그가 달라졌다?
조기 완결 작가 정규현의 인생 역전기!

Book Publishing CHUNGEORAM

유행이 아닌 자유추구 -
WWW.chungeoram.com

기적의 환생

MIRACLE LIFE

박선우 장편소설

FUSION FANTASTIC STORY

"한 사람의 영웅은 국가를 발전시키기도,
타락시키기도 한다."

믿었던 가족들의 배신으로 모든 것을 잃은 최강철.
삶의 의미를 잃은 그는 결국 죽음을 선택하는데…….

삶의 끝자락에서 만난 악마 루시퍼!
그와의 거래로 기억을 가진 채 고등학생 시절로 되돌아간다.

**다시 얻은 삶.
나는 이전의 비참했던 삶을 뒤로하고 황제가 되어
세상을 질주할 것이다!**

Book Publishing CHUNGEORAM

유행이 아닌 자유추구 -
WWW.chungeoram.com

FUSION FANTASTIC STORY

임영기 장편소설

상남자 스타일

의뢰 성공률 100%를 자랑하는 만능술사 '골드핑거' 강선우.
사실 그에겐 말 못 할 비밀이 있는데……

바로 신족의 가문 '신강가(神姜家)'와
다국적 기업 '스포그(SFOG)'의 도련님이라는 사실!

"내가 만능술사를 하는 이유는
세상을 이롭게 하기 위해서야."

돈이면 돈, 권력이면 권력, 능력이면 능력.
모든 것을 다 가진 그가 해결 못 할 의뢰는 없다!

지금 전 세계가 그의 행보에 주목한다!

Book Publishing CHUNGEORAM

한시랑 장편소설

FUSION
FANTASTIC
STORY

헬리오스 나인

고대에 미드가르드라 불리던 세 번째 행성.
그 세계는 죽음의 섬광으로 모든 것이 무너져 내렸다.

그리고 100년 후.

중국 무술의 최고봉에게 권술을 사사하고,
최고의 능력으로 괴수를 섬멸하는 자가 나타났다!

이능력자보다 더 이능력자 같은
권산의 레이드 일대기가 지금부터 시작된다!

Book Publishing CHUNGEORAM

유행이 아닌 자유추구 -
WWW.chungeoram.com